O HORROR DE DUNWICH

O HORROR DE DUNWICH

Copyright desta tradução © IBC - Instituto Brasileiro De Cultura, 2022

Título original: The Dunwich Horror
Reservados todos os direitos desta tradução e produção, pela lei 9.610 de 19.2.1998.

2ª Impressão 2023

Presidente: Paulo Roberto Houch
MTB 0083982/SP

Coordenação Editorial: Priscilla Sipans
Coordenação de Arte: Rubens Martim (projeto gráfico e capa)
Tradução e notas: Fábio Kataoka
Revisão: Cláudia Maria Rajão
Apoio de revisão: Gabriel Cól, Leonan Mariano e Lilian Rozati
Imagens de capa: Shutterstock

Vendas: Tel.: (11) 3393-7727 (comercial2@editoraonline.com.br)

Foi feito o depósito legal.

Dados Internacionais de Catalogação na Publicação (CIP)
de acordo com ISBD

L897c   Lovecraft, H. P.

        O Horror de Dunwich / H. P. Lovecraft. - Barueri :
        Camelot Editora, 2022.
        144 p. ; 15,1cm x 23cm.

        ISBN: 978-65-87817-98-9

        1. Literatura americana. 2. Ficção. I. Título.

2022-2986   CDD 833
                                  CDU 821.112.2-3

Elaborado por Vagner Rodolfo da Silva - CRB-8/9410

IBC — Instituto Brasileiro de Cultura LTDA
CNPJ 04.207.648/0001-94
Avenida Juruá, 762 — Alphaville Industrial
CEP. 06455-010 — Barueri/SP
www.editoraonline.com.br

SUMÁRIO

O HORROR DE DUNWICH (1928)

"Górgonas, Hidras e Quimeras, histórias terríveis de Celainó e das Harpias[1] podem se reproduzir no âmago da superstição, mas já existiam antes. São transcrições, tipos, os arquétipos estão em nós, e são eternos. A recitação do que sabemos, em um sentido de vigília, ser falso chega a nos afetar? Será que naturalmente concebemos terror de tais objetos, considerando sua capacidade de nos infligir lesões corporais? Ah, isso é o de menos! Esses terrores são antigos. Eles datam além do corpo — ou sem o corpo, eles teriam sido os mesmos... O fato de o tipo de medo aqui tratado ser puramente espiritual, de ser forte na proporção em que é intangível na terra, que predomina no período de nossa infância pura — são dificuldades cuja solução pode fornecer algum lampejo provável sobre nossa condição pré-mundana, e pelo menos, uma espiada na terra sombria da pré-existência."

Charles Lamb[2]: *Witches and Other Night-Fears*.

I.

Quando um viajante está no centro-norte de Massachusetts e toma a bifurcação errada na junção da rodovia de Aylesbury, logo depois de Dean's Corners[3], ele se depara com um país solitário e curioso. O relevo fica mais elevado, e os paredões de pedra cercados de sarças pressionam cada vez mais contra os sul-

---

1   Criaturas da mitologia grega: as Górgonas tinham aspecto feminino e grandes presas. As Hidras eram monstros com corpo de mulher e sete cabeças. As Quimeras tinham cabeça de leão, corpo de cabra e cauda de serpente. Celainó era filha do gigante Atlas e de Pleione. As Harpias eram representadas como aves de rapina com rosto e seios de mulher.

2   Charles Lamb (1775-1834) foi um escritor inglês. O ensaio aqui citado, *Bruxas e Outros Medos Noturnos*, trata da relação entre sonho, imaginação e criatividade.

3   Aylesbury e Dean's Corners são localidades fictícias criadas por Lovecraft.

cos da estrada poeirenta e curva. As árvores dos frequentes cinturões florestais parecem grandes demais, e as ervas daninhas, silvas e gramíneas atingem uma exuberância que não é encontrada com frequência em regiões povoadas. Ao mesmo tempo, os campos plantados parecem singularmente poucos e estéreis; enquanto as casas esparsamente espalhadas exibem um surpreendente aspecto uniforme de idade, miséria e dilapidação. Sem saber o motivo, as pessoas hesitam em pedir informações às figuras retorcidas, solitárias e assustadas que podem ser vistas de vez em quando nos degraus desmoronados das portas ou nos prados inclinados e pedregosos. Essas figuras são tão silenciosas e furtivas que, de alguma forma, nos sentimos confrontados com coisas proibidas, com as quais seria melhor não se envolver. Quando uma subida na estrada traz as montanhas à vista sobre os bosques profundos, uma estranha sensação de inquietude aumenta. Os cumes são muito arredondados e simétricos para dar uma sensação de conforto e naturalidade e, às vezes, o céu delineia com especial nitidez os estranhos círculos dos altos pilares de pedra com os quais a maioria deles é coroada.

Desfiladeiros e ravinas de profundidade complexa cruzam o caminho, e as toscas pontes de madeira sempre parecem de segurança duvidosa. Quando a estrada desce novamente, há trechos de pântano que instintivamente desgostamos, e na verdade quase tememos à noite, quando os pássaros noturnos tagarelam e os vaga-lumes saem em profusão anormal para dançar ao ritmo vibrante e assustadoramente insistente das rãs estridentes. A linha fina e brilhante da parte superior do rio Miskatonic[4] passa a estranha ideia de uma serpente ao enredar-se próxima às bases das colinas arredondadas entre as quais nasce.

À medida que as colinas se aproximam, presta-se mais atenção aos seus lados arborizados do que aos seus topos coroados de pedra. Esses lados se erguem tão sombrios e precipitados que se deseja que eles mantenham distância, mas não há caminho para escapar deles. Do outro lado de uma ponte coberta, vê-se uma pequena aldeia amontoada entre o riacho e a encosta vertical da Montanha Redonda, e observa-se o aglomerado de telhados apodrecidos que indicam um período arquitetônico anterior ao da região vizinha. Não é reconfortante ver, olhando mais de perto, que a maioria das casas está deserta e caindo em ruínas, e que a igreja de torres quebradas agora abriga o único e decadente estabelecimento comercial da aldeia. O viajante receia confiar no tenebroso túnel da ponte, mas não há como evitá-lo. Uma vez atravessado, fica realmente difícil escapar de um suave odor maligno na rua da vila,

---

4   Miskatonic é um rio fictício criado por Lovecraft.

como um acúmulo de mofo e decadência dos séculos. É sempre um alívio sair do lugar e seguir a estrada estreita ao redor da base das colinas e através do terreno plano e ir mais adiante até encontrar a rodovia de Aylesbury. Depois, às vezes, percebemos que já passamos por Dunwich[5].

Pessoas de fora visitam Dunwich o mais raramente possível e, desde uma temporada de horror, todas as placas apontando para lá foram retiradas. A paisagem, se julgada por qualquer cânone estético convencional, é mais do que comumente bela; ainda assim não há fluxo de artistas ou turistas de veraneio. Dois séculos atrás, quando não se debochava de histórias de sangue de bruxa, adoração do diabo e estranhas presenças na floresta, era comum ter motivos para evitar a localidade. Em nossa época sensata — desde que o horror de Dunwich de 1928 foi abafado por aqueles que tinham no coração o bem-estar da cidade e do mundo — as pessoas a evitam sem saber exatamente o porquê. Talvez uma razão, embora não possa se aplicar a estranhos desinformados, seja que os nativos estejam agora repugnantemente decadentes, tendo percorrido o caminho do retrocesso tão comum em muitos lugares remotos da Nova Inglaterra. Eles passaram a formar uma raça própria, com os estigmas mentais e físicos bem definidos de degeneração e endogamia. A média de sua inteligência é terrivelmente baixa, enquanto os anais de sua história fedem a crueldade explícita e a assassinatos semiocultos, incestos e atos de violência e perversidade quase inomináveis. A velha nobreza, representando as duas ou três famílias nobres que vieram de Salem em 1692, manteve-se um pouco acima do nível geral de decadência; embora muitos ramos estejam afundados na população sórdida tão profundamente que apenas seus nomes permanecem como uma chave para a origem que eles desonram. Algumas das famílias Whateley e Bishop ainda mandam seus filhos mais velhos para Harvard e Miskatonic[6], embora esses filhos raramente retornem aos telhados apodrecidos sob os quais eles e seus ancestrais nasceram.

Ninguém, nem mesmo aqueles que sabem os fatos relativos ao horror recente, pode dizer exatamente qual é o problema com Dunwich; embora lendas antigas falem de ritos profanos e conclaves dos índios, em meio aos quais eles invocavam formas proibidas de sombras das grandes colinas arredondadas, e faziam orações selvagens que eram respondidas por crepitações e estrondos do solo abaixo. Em 1747, o reverendo Abijah Hoadley, recém-chegado à Igreja Congregacional da Vila de Dunwich, pregou um sermão memorável sobre a presença próxima de Satanás e seus diabinhos, no qual disse:

---

5   Vilarejo fictício criado por Lovecraft.
6   Universidade fictícia criada por Lovecraft.

Não se pode negar que essas blasfêmias de um infernal cortejo de demônios sejam assuntos de conhecimento muito comum; as vozes amaldiçoadas de Azazel e Buzrael, de Belzebu e Belial[7], foram ouvidas debaixo da Terra por mais de uma dezena de testemunhas confiáveis e vivas. Eu mesmo, não mais do que quinze dias atrás, ouvi um discurso muito claro de poderes malignos na colina atrás de minha casa, onde havia berros, gemidos, guinchos e assobios, como nenhuma coisa desta Terra poderia provocar, e que devia ter vindo daquelas cavernas que só a magia negra pode descobrir, e apenas o Diabo destrancar.

O Sr. Hoadley desapareceu logo após proferir esse sermão; mas o texto, impresso em Springfield, ainda existe. Ruídos nas colinas continuaram a ser relatados de ano para ano e ainda são um quebra-cabeça para geólogos e fisiógrafos.

Outras tradições falam de odores fétidos perto dos círculos de pilares de pedra que coroam as colinas, e de presenças etéreas que podem ser ouvidas fracamente em certas horas de pontos específicos no fundo das grandes ravinas; enquanto outros ainda tentam explicar o Campo do Diabo — uma encosta desolada e destruída onde nenhuma árvore, arbusto ou grama cresce. Além disso, os nativos têm um medo mortal dos numerosos pássaros que cantam nas noites quentes. Juram que os pássaros são psicopompos[8] à espreita das almas dos moribundos, e que eles sincronizam seus gritos sinistros em uníssono com a respiração ofegante do sofredor. Se eles conseguem pegar a alma fugitiva quando ela deixa o corpo, eles instantaneamente se afastam chilreando em risadas demoníacas; mas, se falharem, gradualmente caem em um silêncio decepcionado.

Essas histórias, é claro, são obsoletas e ridículas, pois elas vêm de tempos muito antigos. Dunwich é de fato ridiculamente velha, muito mais velha do que qualquer uma das comunidades num raio de 50 quilômetros dela. Ao sul da vila ainda se podem avistar as paredes da adega e a chaminé da antiga casa do Bispo, construída antes de 1700; enquanto as ruínas do moinho das cataratas, construído em 1806, formam a mais moderna peça arquitetônica que se pode avistar. A indústria não floresceu aqui, e o movimento fabril do século XIX teve vida curta. Os monumentos mais antigos de todos são os grandes anéis de colunas de pedra rústica no topo das colinas, mas estes são geralmente atribuídos aos índios, não aos colonos. Depósitos de crânios e ossos, encontrados dentro desses círculos e ao redor da grande rocha em forma de mesa na Colina Sentinela, sustentam a crença popular de que esses locais já

---

7   Azazel, Buzrael e Belzebu são anjos caídos e demônios citados no Velho Testamento e, Belial é uma criatura criada por Lovecraft.

8   Em muitas religiões, acredita-se que os psicopompos são espíritos encarregados de levar as almas recém-falecidas da Terra para a vida após a morte.

foram, noutro tempo, túmulos dos Pocumtucks[9]; ainda que muitos etnólogos, desconsiderando a absurda improbabilidade de tal teoria, insistiam em acreditar que os restos são caucasianos.

II.

Foi no município de Dunwich, em uma grande e parcialmente habitada casa de fazenda situada contra uma encosta de uma colina a seis quilômetros da vila e a uma milha e meia de qualquer outra residência, que Wilbur Whateley nasceu às 5 horas da manhã de domingo, dia 2 de fevereiro de 1913. Essa data foi lembrada porque era dia de Nossa Senhora da Candelária — que as pessoas em Dunwich celebram curiosamente com outro nome —, e porque os ruídos nas colinas haviam soado, e todos os cães do campo ladraram persistentemente durante toda a noite anterior. Menos digno de nota era o fato de que a mãe era uma das decadentes Whateley, uma mulher albina de 35 anos um tanto deformada e pouco atraente, vivendo com um pai idoso e meio louco sobre quem as histórias mais assustadoras de feitiçaria haviam sido sussurradas em sua juventude. Lavínia Whateley não tinha marido conhecido, mas, de acordo com o costume da região, não fez nenhuma tentativa de repudiar a criança; a respeito do outro lado de sua ancestralidade, o povo do vilarejo poderia — e o fez — especular tanto quanto quisesse. Pelo contrário, ela parecia estranhamente orgulhosa do bebê moreno de aparência de cabra que contrastava com seu próprio albinismo doentio e seus olhos rosados, e foi ouvida murmurando muitas profecias curiosas sobre seus poderes incomuns e seu futuro brilhante.

Lavínia era uma pessoa capaz de mencionar tais coisas, pois era uma criatura solitária dada a vagar em meio a tempestades nas colinas e tentar ler os grandes livros embolorados que seu pai herdara ao longo de dois séculos dos Whateley, e que estavam rapidamente caindo aos pedaços com a idade e os buracos de traça. Ela nunca tinha ido à escola, mas estava cheia de fragmentos desconexos de sabedoria antiga que o Velho Whateley lhe ensinara. A remota fazenda sempre foi temida por causa da reputação do Velho Whateley por prática de magia negra, e mesmo a inexplicável morte violenta da Sra. Whateley quando Lavínia tinha doze anos não ajudou a tornar o lugar popular. Isolada entre estranhas influências, Lavínia tinha

---

9   Os Pocumtucks eram uma tribo nativa americana que historicamente habitava as áreas ocidentais de Massachusetts.

certo apreço por devaneios selvagens e grandiosos e ocupações singulares; em seu tempo livre, não se dedicava muito aos cuidados da casa, de onde todos os padrões de ordem e limpeza haviam desaparecido há muito tempo.

Houve um grito medonho que ecoou até mesmo acima dos ruídos das colinas e dos latidos dos cães na noite em que Wilbur nasceu, mas nenhum médico ou parteira fizeram seu parto. Os vizinhos não souberam nada dele até uma semana depois, quando o Velho Whateley dirigiu seu trenó pela neve até Dunwich Village e fez um discurso incoerente para o grupo de vadios no armazém do Osborn. Parecia haver uma mudança no velho — um elemento adicional de dissimulação no cérebro confuso que, sutilmente, o transformou de temido a temente — embora ele não se abalasse por qualquer evento familiar comum. Em meio a tudo isso, ele mostrou algum traço do orgulho mais tarde notado em sua filha, e o que ele disse sobre a paternidade da criança foi lembrado por muitos de seus ouvintes anos depois:

— Eu não me importo com o que as pessoas pensam; se o filho de Lavínia se parecesse com seu pai, ele não se pareceria com nada que alguém espera. Vocês não precisam pensar que as únicas pessoas que existem são as pessoas daqui. Lavínia leu e viu algumas coisas que vocês só ouviram falar. Acho que o homem dela é o melhor marido que vocês podem achar deste lado de Aylesbury; e se vocês soubessem tanto sobre as colinas quanto eu, não pediriam melhor casamento na igreja do que o dela. Deixe-me dizer-lhes uma coisa: algum dia vocês vão ouvir o filho de Lavínia chamando o nome de seu pai no topo da Colina Sentinela!

As únicas pessoas que viram Wilbur durante o primeiro mês de sua vida foram o velho Zechariah Whateley, dos não decadentes Whateley, e a esposa de Earl Sawyer, Mamie Bishop. A visita de Mamie foi francamente curiosa, e suas histórias subsequentes fizeram justiça às suas observações; mas Zechariah veio para conduzir um par de vacas Alderney que o Velho Whateley comprara de seu filho Curtis. Isso marcou o início de um curso de compra de gado por parte da pequena família de Wilbur, que terminou apenas em 1928, quando o horror de Dunwich veio e se foi; no entanto, em nenhum momento o celeiro Whateley em ruínas parecia superlotado de gado. Chegou uma época em que as pessoas ficaram curiosas o suficiente para roubar e contar o rebanho que pastava precariamente na encosta íngreme acima da velha casa da fazenda, e nunca encontraram mais de dez ou doze espécimes anêmicos, que pareciam não ter sangue. Evidentemente, alguma praga ou doença, talvez surgida do pasto insalubre ou dos fungos e madeiras podres do celeiro imundo, causou uma grande mortalidade entre os animais dos Whateley. Feridas ou chagas estranhas, com aspecto de incisões, pareciam afligir o gado visível; e uma ou duas vezes durante os meses anteriores, alguns visitantes acharam que podiam discernir feridas semelhantes nas gargantas do velho grisalho e barbado e sua filha albina de cabelos crespos e desleixados.

Na primavera após o nascimento de Wilbur, Lavínia retomou seus passeios habituais nas colinas, carregando em seus braços desproporcionais a criança morena. O interesse público pelos Whateley diminuiu depois que a maioria dos camponeses viu o bebê, e ninguém se preocupou em comentar sobre o rápido desenvolvimento que aquele recém-chegado parecia exibir todos os dias. O crescimento de Wilbur foi realmente fenomenal, pois dentro de três meses após sua chegada ao mundo ele havia atingido um tamanho e força muscular normalmente não encontrados em crianças com menos de um ano de idade. Seus movimentos, e até mesmo seus sons vocais, mostravam uma contenção e deliberação muito peculiares a um bebê, e ninguém ficou realmente suspreso quando, aos sete meses, ele começou a andar sem ajuda, com alguns tropeços que, no espaço de um mês, não ocorriam mais.

Foi um pouco depois dessa época — no Dia das Bruxas — que uma grande chama foi vista à meia-noite no topo da Colina Sentinela, onde a velha pedra em formato de mesa se sobressai entre os túmulos de ossos antigos. Houve intrigas quando Silas Bishop — dos bispos não decadentes — mencionou ter visto o menino correndo vigorosamente colina acima à frente de sua mãe cerca de uma hora antes da chama ser observada. Silas estava procurando uma bezerra perdida, mas quase esqueceu sua missão quando avistou fugazmente as duas figuras na penumbra de sua lanterna. Eles dispararam quase sem fazer barulho pela vegetação rasteira e o observador, atônito, chegou a pensar que eles estavam totalmente despidos. Em seguida, ele não pôde ter certeza sobre o menino, que talvez estivesse usando algum tipo de cinto de franjas e um par de calções ou calças escuras. Wilbur nunca mais foi visto vivo e consciente sem um traje completo e bem abotoado, cujo desarranjo — ou ameaça de desarranjo — sempre parecia enchê-lo de raiva e alarme. O contraste com sua mãe e seu avô miseráveis foi considerado notável, até que o horror de 1928 sugeriu a mais válida das razões.

No mês de janeiro seguinte, os fofoqueiros estavam levemente interessados no fato de que "o pirralho negro de Lavínia" havia começado a falar, e com apenas onze meses de idade. Sua fala era um tanto notável por sua diferença em relação aos sotaques comuns da região, e mostrava uma liberdade de balbuciar infantil da qual muitas crianças de três ou quatro anos poderiam muito bem se orgulhar. O menino não era falante, mas quando falava parecia refletir algum elemento evasivo totalmente alheio a Dunwich e seus habitantes. A estranheza não residia no que ele dizia, nem mesmo nas simples expressões idiomáticas que usava; mas parecia vagamente ligado à sua entonação ou aos órgãos internos que produziam os sons articulados. Seu aspecto facial também era notável por sua maturidade, pois embora ele compartilhasse a ausência de queixo de sua mãe e avô, seu nariz firme e de formato precoce uniu-se à expressão de seus olhos grandes, escuros, quase latinos, para lhe dar um ar de maturidade e inteligência quase sobrenatural. Ele era, no entanto, extremamente feio, apesar do brilhantismo aparente; havia algo quase caprino ou animalesco em seus lábios grossos, pele amarelada e porosa, cabelos crespos e grossos e orelhas estranhamente alongadas. Ele logo foi odiado ainda mais decididamente do que sua mãe e seu avô, e todas as conjecturas sobre ele foram temperadas com referências à magia passada do Velho Whateley, e como as colinas tremeram quando ele gritou o terrível nome de Yog-Sothoth[10] no meio de um círculo de pedras com um grande livro aberto nos braços diante de si. Os cães abominavam o menino, e ele sempre era obrigado a tomar várias medidas defensivas contra suas ameaças e latidos.

III.

Enquanto isso, o Velho Whateley continuou a comprar gado sem aumentar consideravelmente o tamanho de seu rebanho. Ele também cortou madeira e começou a consertar as partes não utilizadas de sua casa — uma construção espaçosa, com telhado pontiagudo, cuja extremidade traseira estava inteiramente enterrada na encosta rochosa e cujos três cômodos do térreo menos arruinados sempre foram suficientes para ele e sua filha. Devia haver prodigiosas reservas de força no velho para capacitá-lo a realizar tanto trabalho duro; e, embora às vezes ele ainda balbuciasse coisas de modo demente, sua carpintaria parecia mostrar os efeitos do cálculo preciso. Tinha começado as obras assim que Wilbur nasceu, quando um dos muitos galpões de ferramentas foi subitamente colocado em ordem, tapado e equipado com uma fechadura nova e robusta. Ao restaurar o andar superior abandonado da casa, ele não era um artesão menos meticuloso. Sua mania se mostrou apenas no fechamento apertado de todas as janelas da seção recuperada — embora muitos declarassem que era uma loucura se preocupar com a reforma em geral. Menos inexplicável foi o fato de ele ter

---

10   Yog-Sothoth é uma divindade que habita o mundo criado por Lovecraft em seus contos.

arranjado outro quarto no andar de baixo para seu novo neto — um quarto que vários visitantes viram, embora ninguém jamais tenha sido admitido no andar superior fechado por tábuas. Ele equipou esse aposento com prateleiras altas e firmes; ao longo das quais começou a organizar gradualmente, em ordem aparentemente cuidadosa, todos os livros antigos embolorados e partes de livros que, durante sua própria época, haviam sido amontoados promiscuamente em cantos estranhos das várias salas.

— Eu fiz algum uso deles — ele dizia enquanto tentava consertar uma página rasgada de cartolina com cola preparada no fogão enferrujado da cozinha —, mas o menino os usará melhor. É melhor ele guardar, pois será útil para seu aprendizado.

Quando Wilbur tinha um ano e sete meses — em setembro de 1914 — seu tamanho e realizações eram quase alarmantes. Ele tinha crescido tanto quanto uma criança de quatro anos, e era um falador fluente e incrivelmente inteligente. Ele corria livremente pelos campos e colinas e acompanhava sua mãe em todas as suas andanças. Em casa, ele se debruçava diligentemente sobre as estranhas fotos e gráficos dos livros de seu avô, enquanto o Velho Whateley o instruía e catequizava durante longas e silenciosas tardes. A essa altura, a restauração da casa estava terminada, e aqueles que a observavam se perguntavam por que uma das janelas superiores havia sido transformada em uma sólida porta de tábuas. Era uma janela na parte de trás da empena leste, encostada na colina; e ninguém conseguia imaginar por que uma pista de madeira com travessas foi construída a partir do chão. No final, as pessoas notaram que a velha casa de ferramentas, bem trancada e sem janelas desde o nascimento de Wilbur, havia sido abandonada novamente. A porta se abriu com indiferença, e quando o conde Sawyer uma vez entrou depois de uma visita de venda de gado no Velho Whateley, ficou bastante perturbado com o odor singular que encontrou — um fedor tão forte, ele afirmou, como nunca antes sentira em toda a sua vida; exceto perto dos círculos indígenas nas colinas, e que não poderia vir de nada são ou desta Terra. Mas até então, as casas e galpões do povo de Dunwich nunca foram notáveis pela imaculabilidade olfativa.

Os meses seguintes foram vazios de eventos dignos de nota, exceto que todos juraram um aumento lento, mas constante, dos misteriosos ruídos nas colinas. Na véspera de primeiro de maio[11] de 1915 houve tremores que até mesmo o povo de Aylesbury sentiu, enquanto o Dia das Bruxas seguinte produziu um estrondo subterrâneo estranhamente sincronizado com rajadas de fogo — "Era

---

11   Celebrada na noite da véspera de primeiro de maio, A Noite de Santa Valburga é uma festa tradicional pagã cujas origens remontam em parte ao paganismo.

a bruxaria dos Whateley" — provenientes do cume da Colina Sentinela. Wilbur estava crescendo estranhamente, de modo que parecia um menino de dez anos quando entrou no quarto ano. Ele lia avidamente sozinho, mas falava muito menos do que antes. Uma certa taciturnidade o absorvia e, pela primeira vez, as pessoas começaram a falar especificamente da aparência do mal em seu rosto de cabra. Ele às vezes murmurava um jargão desconhecido, e balbuciava cânticos em ritmos bizarros que arrepiavam o ouvinte com uma sensação de terror inexplicável. A aversão que os cães manifestavam a ele agora se tornara uma questão de ampla observação, e ele foi obrigado a carregar uma pistola para atravessar o campo em segurança. Seu uso ocasional da arma não aumentou sua popularidade entre os donos de cães de guarda.

Os poucos visitantes da casa muitas vezes encontravam Lavínia sozinha no andar térreo, enquanto estranhos gritos e passos ressoavam no segundo andar fechado com tábuas. Ela nunca contava o que seu pai e o menino estavam fazendo lá em cima, embora uma vez empalideceu e exibiu um grau anormal de medo quando um vendedor de peixe jocoso tentou abrir a porta trancada que dava para a escada. Aquele mascate disse aos vadios da loja em Dunwich que pensou ter ouvido um cavalo pisando no andar de cima. Os vadios refletiram, pensando na porta e na pista, e no gado que desaparecia tão rapidamente. Então eles estremeceram ao relembrar histórias da juventude do Velho Whateley, e das coisas estranhas que são convocadas de dentro da terra quando um novilho é sacrificado na hora certa a determinados deuses pagãos.

Foi notado que há algum tempo os cães passaram a odiar e temer qualquer propriedade dos Whateleys tanto quanto temiam e odiavam Wilbur em pessoa.

Em 1917 veio a guerra, e o escudeiro Sawyer Whateley, como presidente do conselho de recrutamento local, teve muito trabalho para encontrar uma cota de jovens homens de Dunwich aptos até mesmo para serem enviados a um campo de treinamento. O governo, alarmado com tais sinais de decadência regional, enviou vários oficiais e especialistas médicos para investigar; realizando uma pesquisa que os leitores de jornais da Nova Inglaterra ainda podem se lembrar. Foi a publicidade dessa investigação que colocou os repórteres no rastro dos Whateley e fez com que o *Boston Globe* e o *Arkham Advertiser* publicassem histórias dominicais sensacionalistas sobre a precocidade do jovem Wilbur, a magia negra do Velho Whateley, as prateleiras de livros estranhos, o segundo andar lacrado da antiga casa de fazenda, a estranheza de toda a região e os ruídos nas colinas. Wilbur tinha quatro anos e meio na época e parecia um rapaz de quinze anos. Seu lábio e bochecha estavam felpudos com uma penugem áspera e escura, e sua voz começou a falhar. Earl Sawyer foi até a casa dos Whateley com um grupo de repórteres e cinegrafistas e chamou a atenção deles para o fedor estranho que agora parecia escorrer dos espaços superiores fechados. Era, ele disse, exatamente como um cheiro que ele havia encontrado no depósito de ferramentas abandonado quando a casa foi finalmente reformada, e como os odores fétidos que ele às vezes pensava sentir perto dos círculos de pedra nas montanhas. O povo de Dunwich lia as histórias quando elas eram publicadas e sorriam com certa ironia dos equívocos evidentes. Eles também se perguntavam por que os escritores davam tanta importância ao fato de o Velho Whateley sempre pagar por seu gado em moedas de ouro de data extremamente antiga. Os Whateley receberam seus visitantes com desgosto mal disfarçado, embora não ousassem cortejar mais publicidade por meio de uma resistência violenta ou recusa em falar, para evitar maior publicidade ao caso.

IV.

Por uma década, os relatos sobre os Whateley inseriram-se indistintamente na vida geral de uma comunidade mórbida, acostumada com seus modos estranhos e endurecida com suas orgias de véspera de primeiro maio e véspera de Todos os Santos. Duas vezes por ano eles acendiam fogueiras no topo da Colina Sentinela, momentos em que os estrondos da montanha se repetiam com cada vez mais violência; enquanto em todas as estaçõcs do ano aconteciam coisas estranhas e portentosas na solitária casa da fazenda. Com o passar do tempo, os visitantes afirmaram ouvir sons no andar superior fechado, mesmo quando toda a família estava no andar de baixo, e se perguntavam com que rapidez ou com que demora uma vaca ou um novilho era geralmente sacrificado. Falou-se de uma queixa à Sociedade Protetora dos Animais; mas nunca deu em nada, já que o povo de Dunwich não demonstrava nenhuma vontade de chamar a atenção do mundo exterior para si.

Por volta de 1923, quando Wilbur era um menino de dez anos cuja mente, voz, estatura e rosto barbudo davam todas as impressões de maturidade, um segundo grande cerco de carpintaria ocorreu na velha casa. As obras foram realizadas na parte superior selada e, a partir de pedaços de madeira descartada, as pessoas concluíram que o jovem e seu avô haviam derrubado todas as divisórias e até removido o piso do sótão, deixando apenas um grande vazio entre o andar térreo e o telhado pontiagudo. Eles também haviam derrubado a grande chaminé central e a instalado no fogão enferrujado.

Na primavera, após esse evento, o Velho Whateley notou o número crescente de urubus que saíam do Vale da Fonte Fria para gorjear sob sua janela à noite. Ele parecia considerar a circunstância como de grande importância, e disse ao pessoal da mercearia do Osborn que achava que sua hora estava quase chegando.

— Eles assobiam em sintonia com a minha respiração — disse ele —, e acho que estão prontos para pegar minha alma. Eles sabem que ela está indo embora, e não querem perdê-la. Vocês irão saber, rapazes, depois que eu for embora, se me pegaram ou não. Se eles pegarem, continuarão cantando e rindo até o amanhecer. Se não conseguirem, vão ficar mais quietos de madrugada. Acho que eles têm umas brigas com as almas de vez em quando.

Na Noite de Lammas[12], 1924, o Dr. Houghton de Aylesbury foi chamado às pressas por Wilbur Whateley, que galopou com seu único cavalo restante na escuridão e telefonou da venda do Osborn na aldeia. Ele encontrou o Velho Whateley em estado muito grave, com o coração acelerado e a respiração ofegante que indicava um fim não muito distante. A disforme filha albina e o neto estranhamente barbudo estavam ao lado da cama, enquanto do abismo vazio acima vinha uma inquietante sugestão de ritmos surgindo, como das ondas em alguma praia plana. O médico, no entanto, estava principalmente perturbado pelo barulho dos pássaros noturnos do lado de fora; uma legião aparentemente ilimitada de pássaros gritava sua mensagem interminável em repetições cronometradas diabolicamente para os suspiros ofegantes do moribundo. Era estranho e antinatural, pensou o Dr. Houghton, assim como toda aquela região que ele havia adentrado com tanto receio por causa do chamado urgente.

Por volta das 13h, o Velho Whateley recobrou a consciência e interrompeu sua respiração ofegante para dizer algumas palavras ao neto.

— Mais espaço, Willy, mais espaço em breve. Você está crescendo, mas *aquilo* cresce mais rápido. Estará pronto para salvá-lo em breve, garoto. Abra os portões para Yog-Sothoth com o longo canto que você encontrará na página 751 da *edição completa*, e *depois* acenda um fósforo na prisão. Fogo nenhum da Terra pode queimá-lo!

Ele estava obviamente louco. Depois de uma pausa, durante a qual o bando de pássaros do lado de fora ajustava seus gritos ao ritmo alterado, enquanto algumas indicações dos estranhos ruídos da colina vinham de longe, ele acrescentou mais uma frase ou duas:

---

12   Lammas ou Festival da Primeira Colheita, é um dia sagrado no paganismo, tendo origem principalmente celta.

— Alimente-o regularmente, Willy, e preste atenção na quantidade; mas não o deixe crescer muito rápido para o lugar, pois se quebrar as paredes e fugir antes de você abrir para Yog-Sothoth, estará tudo acabado e tudo até agora não servirá para nada. Só eles do além podem fazer aquilo se multiplicar e funcionar... Só eles, os velhos que querem voltar...

Mas a fala deu lugar a suspiros de novo, e Lavínia gritou ao perceber a maneira como os pássaros acompanhavam a mudança. Foi o mesmo por mais de uma hora, quando veio a agonia final. O Dr. Houghton cobriu as pálpebras encolhidas sobre os olhos cinzentos vidrados enquanto o tumulto dos pássaros se desvanecia imperceptivelmente ao silêncio. Lavínia soluçou, mas Wilbur apenas riu enquanto os ruídos da colina ressoavam fracamente.

— Eles não o pegaram — ele murmurou em sua voz grossa e grave.

Wilbur era, nessa época, um estudioso de uma tremenda erudição em seu jeito unilateral, e era discretamente conhecido — via correspondência — por muitos bibliotecários em lugares distantes onde se guardam livros raros e proibidos de antigamente. Ele era cada vez mais odiado e temido em Dunwich por causa de certos desaparecimentos juvenis que a suspeita colocava vagamente à sua porta; mas sempre foi capaz de silenciar a indagação por meio do medo ou pelo uso daquele fundo de ouro antigo que ainda, como no tempo de seu avô, saía regularmente, e cada vez mais, para a compra de gado. Ele estava agora tremendamente maduro de aspecto, e sua altura, tendo atingido o limite adulto normal, parecia inclinada a ir além. Em 1925, quando um correspondente acadêmico da Universidade Miskatonic o visitou, ele já havia alcançado mais de dois metros de altura.

Durante todos os anos, Wilbur tratou sua mãe albina meio deformada com um desprezo crescente, finalmente proibindo-a de ir para as colinas com ele na véspera de primeiro de maio e em Todos os Santos; e, em 1926, a pobre criatura reclamou com Mamie Bishop, dizendo ter medo dele.

— Sei mais coisas dele do que eu posso lhe dizer, Mamie — ela disse —, e hoje em dia elas estão além do que sei. Juro por Deus, que não faço ideia do que ele quer e o que está tentando fazer.

Naquele Dia das Bruxas, os ruídos da colina soaram mais altos do que nunca, e o fogo ardeu na Colina Sentinela como de costume, mas as pessoas prestaram mais atenção aos gritos rítmicos de vastos bandos de pássaros anormalmente atrasados que pareciam estar reunidos perto da casa de fazenda Whateley completamente apagada. Depois da meia-noite, suas notas estridentes explodiram em uma espécie de gargalhada demoníaca que encheu todo o campo, e só ao amanhecer eles finalmente se aquietaram. Então eles desapareceram, voando para o sul, para onde deveriam ter ido há um mês. Sobre o que isso significava, só se teria certeza mais tarde. Nenhum dos camponeses parecia ter morrido, mas a pobre Lavínia Whateley, a albina retorcida, nunca mais foi vista.

No verão de 1927 Wilbur consertou dois galpões no pátio da fazenda e começou a levar seus livros e pertences para eles. Logo depois, Earl Sawyer disse ao pessoal da venda do Osborn que mais reformas estavam acontecendo na casa de fazenda dos Whateley. Wilbur estava fechando todas as portas e janelas do térreo, e parecia estar tirando divisórias, como ele e seu avô haviam feito no andar de cima quatro anos antes. Ele estava morando em um dos galpões, e Sawyer achou que ele parecia estranhamente preocupado e trêmulo. As pessoas geralmente suspeitavam que ele soubesse algo sobre o desaparecimento de sua mãe, e poucas se aproximavam de seu bairro agora. Sua altura havia aumentado para mais de dois metros e dez de altura e não mostrava sinais de cessar seu desenvolvimento.

V.

O inverno seguinte trouxe um evento não menos estranho do que a primeira viagem de Wilbur para fora da região de Dunwich. A correspondência com a Biblioteca Widener em Harvard, a Biblioteca Nacional em Paris, o Museu Britânico, a Universidade de Buenos Aires e a Biblioteca da Universidade Miskatonic em Arkham[13] não conseguiu lhe garantir o empréstimo de um livro que ele desejava desesperadamente; então, por fim, partiu pessoalmente, maltrapilho, sujo, barbudo e de dialeto grosseiro, para consultar a cópia em Miskatonic, que era a mais próxima geograficamente. Com quase dois metros e meio de altura e carregando uma mala nova e barata do armazém de Osborn, essa gárgula escura e caprina apareceu um dia em Arkham em busca do temido volume guardado a sete chaves na biblioteca da faculdade — o hediondo *Necronomicon*[14] do louco árabe Alhazred na versão latina de Olaus Wormius, impressa na Espanha no século XVII. Ele nunca tinha visto uma cidade antes, mas nunca pensou nada além de encontrar o caminho para o terreno da universidade; onde, de fato, passou desatento pelo grande cão de guarda de presas

---

13   Arkham é uma cidade fictícia em Massachusetts, parte do cenário "Província Lovecraft", criado por Lovecraft. A cidade aparece em muitas das suas histórias, assim como é usada por outros escritores dos mitos de Cthulhu.

14   O Necronomicon é um livro fictício criado por Lovecraft. Escrito em Damasco por volta de 730 d.C. por Abdul Alhazred, um poeta fictício originário de Sanaa, no Iémen.

brancas que latia com fúria e inimizade sobrenaturais, e puxava freneticamente sua forte corrente.

Wilbur tinha consigo a cópia inestimável, mas imperfeita, da versão inglesa do Dr. Dee que seu avô lhe legara e, ao ter acesso à cópia latina, ele imediatamente começou a analisar os dois textos com o objetivo de descobrir uma certa passagem na página 751 de seu próprio volume defeituoso. Isso ele não podia evitar de dizer ao bibliotecário — o mesmo erudito Henry Armitage (mestre pela Miskatonic, doutor pela Princeton e pela John Hopkins) que um dia o visitara na fazenda e agora lhe fazia perguntas gentis. Ele estava procurando, tinha que admitir, por uma espécie de fórmula ou encantamento contendo o nome assustador *Yog-Sothoth*, e intrigou-o encontrar discrepâncias, duplicações e ambiguidades que tornavam a questão da determinação longe de ser fácil. Enquanto copiava a fórmula que finalmente encontrou, o Dr. Armitage olhou involuntariamente, por cima de seu ombro, para as páginas abertas; a da esquerda, na versão latina, continha ameaças monstruosas à paz e à sanidade do mundo. O Dr. Armitage traduziu o texto mentalmente e dizia o seguinte:

Nem se deve pensar que o homem seja o mais antigo ou o último dos senhores da Terra, ou que a massa comum da vida e da substância ande sozinha. Os Antigos foram, os Antigos são, e os Antigos serão. Não nos espaços que conhecemos, mas entre eles. Eles caminham serenos e primitivos, não dimensionados e invisíveis para nós. Yog-Sothoth conhece o portão. Yog-Sothoth é o portão. Yog-Sothoth é a chave e o guardião do portão. Passado, presente, futuro, todos são um em Yog-Sothoth. Ele sabe onde os Antigos romperam antigamente, e onde Eles romperão novamente. Ele sabe onde Eles caminharam nos campos da Terra, e onde ainda caminham, e por que ninguém pode vê-Los enquanto caminham. Às vezes os homens podem saber que estão perto pelo Seu cheiro, mas de Sua aparência nenhum homem sabe, salvo apenas nas características daqueles que Eles geraram na humanidade; e desses há muitos tipos, diferindo em semelhança do eidolon[15] mais verdadeiro do homem para aquela forma invisível ou sem substância que são Eles. Eles caminham imundos e sem serem vistos em lugares solitários onde as Palavras foram ditas e os Ritos uivaram em suas Estações. O vento balbucia com as Suas vozes, e a Terra murmura com Sua consciência. Eles devastam a floresta e esmagam a cidade, mas estas não podem ver a mão que as fere. Kadath Os conheceu no deserto frio, e que homem conhece Kadath? O deserto de gelo do Sul e as ilhas submersas do Oceano contêm pedras sobre as quais Seu selo está gravado, mas quem viu a cidade profundamente congelada ou

---

15 Na literatura grega antiga, um eidolon é uma imagem espiritual de uma pessoa viva ou morta; uma sombra ou fantasma parecido com a forma humana.

a torre selada há muito coroada com algas e cracas? O grande Cthulhu[16] é primo d'Eles, mas ele só pode espioná-los vagamente. Iä! Shub-Niggurath![17] Como uma impureza Os conhecereis. A mão d'Eles está em suas gargantas, mas você não Os vê; e a habitação d'Eles é igual ao teu limiar guardado. Yog-Sothoth é a chave para o portão, pelo qual as esferas se encontram. O homem governa agora onde Eles governaram uma vez. Eles devem governar em breve onde o homem governa agora. Depois do verão vem o inverno, e depois do inverno é o verão. Eles esperam pacientes e potentes, pois aqui Eles reinarão novamente.

O Dr. Armitage, associando o que estava lendo com o que ouvira sobre Dunwich e suas presenças taciturnas, sobre Wilbur Whateley e sua aura sombria e hedionda que se estendia de um nascimento duvidoso a uma nuvem de provável matricídio, sentiu uma onda de pavor tão tangível quanto uma lufada de ar vinda da fria umidade de uma tumba. O gigante caprino curvado diante dele parecia a cria de outro planeta ou dimensão; como algo que é apenas parcialmente humano, e ligado a abismos negros da essência da entidade que se expandiam como fantasmas titânicos além de todas as esferas de força e matéria, espaço e tempo.

Wilbur logo ergueu a cabeça e começou a falar daquele jeito estranho e ressonante, que sugeria que seus órgãos de fala eram diferentes do restante da humanidade.

— Sr. Armitage — disse ele —, acho que tenho que levar esse livro para casa. Há coisas nele que eu gostaria de experimentar sob condições que não consigo aqui, e seria um pecado mortal deixar uma regra burocrática me segurar. Deixe-me levá-lo comigo, senhor, e eu juro que eles não vão notar a diferença. Não preciso dizer que vou cuidar dele direitinho. Não fui eu quem deixou esta cópia de Dee do jeito que está...

Ele se deteve ao observar uma negação firme no rosto do bibliotecário, e suas próprias feições caprinas tornaram-se astutas. Armitage, quase pronto para lhe dizer que poderia fazer uma cópia das partes de que precisava, pensou subitamente nas possíveis consequências e se controlou. Havia muita responsabilidade em dar a tal ser a chave para esferas externas tão blasfemas. Whateley percebeu a situação e tentou responder com leveza:

— Tudo bem, se é assim que você pensa. Talvez Harvard não seja tão exigente quanto você é.

E sem dizer mais nada, ele se levantou e saiu do prédio, abaixando-se em cada porta.

---

16   Cthulhu é uma entidade cósmica criada por Lovecraft em 1926.
17   Shub-Niggurath é uma divindade fictícia criada por Lovecraft.

Armitage ouviu o ganido selvagem do grande cão de guarda e observou os passos de gorila de Whateley enquanto ele atravessava a parte do *campus* visível da janela. Pensou nas histórias loucas que ouvira e lembrou-se das velhas histórias de domingo do *Advertiser*; essas coisas, e o conhecimento que ele havia adquirido dos camponeses e aldeões de Dunwich durante sua única visita lá. Coisas invisíveis que não eram da Terra — ou pelo menos não da Terra tridimensional — corriam fétidas e horríveis pelos vales da Nova Inglaterra e pairavam obscenamente no topo das montanhas. Disso ele há muito tinha certeza. Agora, ele parecia sentir a presença próxima de alguma parte terrível do horror intruso, e vislumbrar um avanço infernal no domínio obscuro do antigo e outrora passivo pesadelo. Ele trancou o *Necronomicon* com um estremecimento de desgosto, mas a sala ainda cheirava a um fedor profano e não identificável. "Como uma impureza vocês o conhecerão", citou ele. Sim, o odor era o mesmo que o havia enojado na fazenda Whateley menos de três anos antes. Ele pensou em Wilbur, caprino e sinistro, mais uma vez, e riu zombeteiramente dos rumores da aldeia sobre sua filiação.

— Endogamia? — Armitage murmurou alto para si mesmo. — Grande Deus, que simplórios! Mostre a eles o *Grande Deus Pan* de Arthur Machen e eles pensarão que é um escândalo comum de Dunwich! Mas que coisa, que maldita influência disforme dentro ou fora desta Terra tridimensional, era o pai de Wilbur Whateley? Nascido na Festa da Candelária, nove meses depois da véspera de primeiro de maio de 1912, quando a conversa sobre os estranhos ruídos da terra chegou claramente a Arkham. O que andou nas montanhas naquela noite de maio? Que tipo de horror surgiu naquela noite e se instalou no mundo em uma forma semi-humana de carne e osso?

Durante as semanas seguintes, o Dr. Armitage começou a coletar todos os dados possíveis sobre Wilbur Whateley e as presenças informes ao redor de Dunwich. Ele entrou em contato com o Dr. Houghton de Aylesbury, que havia atendido o Velho Whateley em sua última doença, e encontrou muito sobre o que refletir nas últimas palavras do avô citadas pelo médico. Uma visita a Dunwich não trouxe muita novidade; mas uma pesquisa detalhada do *Necronomicon*, naquelas partes que Wilbur havia procurado tão avidamente, parecia fornecer novas e terríveis pistas sobre a natureza, métodos e desejos do estranho mal que tão vagamente ameaçava este planeta. Conversas com vários estudantes de sabedoria arcaica em Boston, e cartas para muitos outros em lugares distantes, deram-lhe um espanto crescente que passou lentamente por vários graus de alarme para um estado de medo espiritual realmente agudo. À medida que o verão se aproximava, ele sentiu vagamente que algo deveria ser feito a respeito dos terrores à espreita do vale superior de Miskatonic e sobre o monstruoso ser conhecido no mundo humano como Wilbur Whateley.

VI.

O próprio horror de Dunwich ocorreu entre Lammas e o equinócio de 1928, e o Dr. Armitage estava entre aqueles que testemunharam seu monstruoso prólogo. Enquanto isso, ele ouvira falar da grotesca viagem de Whateley a Cambridge e de seus esforços frenéticos para pegar emprestado ou copiar do *Necronomicon* da Biblioteca Widener. Esses esforços foram em vão, já que o Dr. Armitage havia emitido advertências da mais aguda intensidade a todos os bibliotecários encarregados do temido volume. Wilbur estava chocantemente nervoso em Cambridge; ansioso pelo livro, mas quase igualmente ansioso para voltar para casa, como se temesse os resultados de uma longa ausência.

No início de agosto, o desfecho meio esperado aconteceu, e nas primeiras horas do dia 3, o Dr. Armitage foi despertado de repente pelos gritos ferozes do cão de guarda selvagem no campus da faculdade. Profundos e terríveis, os rosnados e latidos loucos continuaram; sempre em volume crescente, mas com pausas horrivelmente significativas. Então soou um grito de uma garganta totalmente diferente — um grito que despertou metade dos adormecidos de Arkham e assombrou seus sonhos depois disso — um grito que não poderia vir de nenhum ser nascido na Terra.

Armitage, vestindo-se rapidamente e atravessando a rua e o gramado até os prédios da faculdade, viu que outros estavam à sua frente; e ouviu os ecos de um alarme antifurto ainda estridente vindo da biblioteca. Uma janela aberta mostrava-se escura e escancarada ao luar. O que havia entrado tinha completado seu objetivo, pois os latidos e os gritos foram rapidamente desaparecendo em uma mistura de rosnados e gemidos baixos. Algum instinto avisou Armitage de que o que estava acontecendo não era coisa para olhos despreparados verem, então ele afastou a multidão com autoridade enquanto destrancava a porta do vestíbulo. Entre os outros, ele viu o professor Warren Rice e o Dr. Francis Morgan, homens a quem havia contado algumas de suas conjecturas e dúvidas; e fez sinal para que o acompanhassem. Os sons internos, exceto por um ganido alerta e monótono do cachorro, já havia diminuído bastante; mas Armitage percebeu agora, com um súbito sobressalto, que um coro alto de urubus entre os arbustos tinha começado um som rítmico maldito, como se estivesse em uníssono com o último suspiro de um moribundo.

O prédio estava exalando um fedor assustador que o Dr. Armitage conhecia muito bem, e os três homens correram pelo corredor até a pequena sala de leitura genealógica de onde vinha o gemido baixo. Por um segundo ninguém se atreveu a acender a luz; então Armitage reuniu coragem e apertou o botão. Um dos três — não é certo qual — gritou alto com o que se estendia diante deles entre mesas desordenadas e cadeiras viradas. O professor Rice afirma que perdeu totalmente a consciência por um instante, embora não tenha tropeçado ou caído.

A coisa que estava meio curvada de lado em uma poça fétida de ícor[18] amarelo-esverdeado e viscosidade de alcatrão tinha quase três metros de altura, e o cachorro havia arrancado todas as roupas e parte da pele. Não estava totalmente morto, mas se contorcia silenciosa e espasmodicamente enquanto seu peito arfava em um monstruoso uníssono com o barulho enlouquecido dos pássaros do lado de fora. Pedaços de couro de sapato e fragmentos de roupas estavam espalhados pela sala e, logo atrás da janela, havia um saco de lona vazio onde, evidentemente, havia sido atirado. Perto da mesa central havia caído um revólver, um cartucho amassado, mas não descarregado, explicando mais tarde por que não havia sido disparado. A coisa em si, no entanto, eliminou todas as outras imagens na época. Seria banal e não totalmente correto dizer que nenhuma caneta humana poderia descrevê-lo, mas pode-se dizer com propriedade que não poderia ser vividamente visualizado por qualquer pessoa cujas ideias de aspecto e contorno estejam intimamente ligadas às formas de vida comuns deste planeta e das três dimensões conhecidas. Era parcialmente humano, sem dúvida, com mãos e cabeça muito humanas, e o rosto de cabra, sem queixo, tinha a marca dos Whateley. Mas o torso e as partes inferiores do corpo eram teratologicamente fabulosos, de modo que apenas roupas generosas poderiam permitir que ele andasse na Terra sem ser questionado ou erradicado.

Acima da cintura era quase antropomórfico, embora seu peito, onde as patas dilacerantes do cachorro ainda descansavam vigilantes, tivesse a pele de couro reticulada de um crocodilo ou jacaré. As costas eram malhadas de amarelo e preto, e sugeriam vagamente a cobertura escamosa de certas cobras. Abaixo da cintura, porém, era muito pior; pois aqui acabou toda a semelhança humana e começou a pura fantasia. A pele estava densamente coberta com pelo preto e grosso, e do abdome uma vintena de longos tentáculos cinza-esverdeados com bocas vermelhas de sucção se projetavam frouxamente. Seu arranjo era estranho e parecia seguir as simetrias de alguma geometria cósmica desconhe-

---

18   Na mitologia grega, ícor é o fluido etéreo, presente no sangue dos deuses gregos.

cida da Terra ou do sistema solar. Em cada um dos quadris, profundamente inserido em uma espécie de órbita rosada e ciliada, havia o que parecia ser um olho rudimentar; enquanto em vez de uma cauda pendia uma espécie de tronco ou tentáculo com marcas anulares roxas, e com muitas evidências de ser uma boca ou garganta não desenvolvida. Os membros, exceto pela pelagem preta, lembravam grosseiramente as patas traseiras dos sáurios gigantes da Terra pré-histórica; e terminavam em almofadas com veias saltadas que não eram nem cascos nem garras. Quando a coisa respirava, sua cauda e tentáculos mudavam de cor ritmicamente, como se de alguma causa circulatória normal ao lado não humano de sua ancestralidade. Nos tentáculos isso era observável como um aprofundamento do tom esverdeado, enquanto na cauda se manifestava como uma aparência amarelada que alternava com um branco-acinzentado doentio nos espaços entre os anéis roxos. Sangue genuíno não havia nenhum; somente o ícor amarelo-esverdeado que escorria pelo chão pintado para além do alcance daquela viscosidade e deixava uma curiosa descoloração por onde passava.

Como a presença dos três homens parecia despertar o moribundo, ele começou a murmurar sem virar ou levantar a cabeça. O Dr. Armitage não fez nenhum registro escrito de suas falas, mas afirma com confiança que nada em inglês foi pronunciado. A princípio as sílabas desafiaram toda correlação com qualquer fala da Terra, mas no final vieram alguns fragmentos desconexos evidentemente tirados do *Necronomicon*, aquela monstruosa blasfêmia em busca da qual a coisa havia perecido. Esses fragmentos, como Armitage se lembra deles, continham algo como *"N'gai, n'gha'ghaa, bugg-shoggog, y'hah; Yog-Sothoth, Yog-Sothoth..."* Eles desapareceram no nada conforme os pássaros gritavam em rítmicos crescentes de antecipação profana.

Então a respiração ofegante cessou, e o cachorro ergueu a cabeça em um uivo longo e lúgubre. Uma mudança ocorreu no rosto amarelo e caprino da coisa prostrada, e os grandes olhos negros se fecharam assustadoramente. Do lado de fora da janela, os gritos dos pássaros cessaram de repente e, acima dos murmúrios da multidão reunida, veio o som de um zumbido esvoaçante em pânico. Contra a lua, vastas nuvens de observadores emplumados ergueram-se e fugiram de vista, frenéticos com aquilo que procuravam como presa.

De repente, o cachorro deu um salto abrupto, um latido assustado e pulou nervosamente em direção à janela pela qual havia entrado. Um grito se ergueu da multidão, e o Dr. Armitage gritou para os homens do lado de fora que ninguém deveria entrar até que a polícia ou o médico legista chegassem. Ele estava agradecido que as janelas eram altas demais para permitir espiar, e baixou cuidadosamente as cortinas escuras sobre cada uma delas. A essa altura, dois policiais haviam chegado; e o Dr. Morgan, encontrando-os no vestíbulo, advertiu-os, pelo seu próprio bem, para que adiassem sua entrada na sala de leitura fedorenta até que o legista chegasse e a coisa prostrada pudesse ser coberta.

Enquanto isso, mudanças assustadoras ocorriam no chão. Não é necessário descrever o tipo e a taxa de encolhimento e desintegração que ocorreram diante dos olhos do Dr. Armitage e do professor Rice; mas é permitido dizer que, além da aparência externa do rosto e das mãos, os elementos realmente humanos em Wilbur Whateley devem ter sido muito pequenos. Quando o legista chegou, havia apenas uma massa esbranquiçada e pegajosa nas tábuas pintadas, e o odor monstruoso quase desaparecera. Aparentemente, Whateley não tinha crânio ou esqueleto ósseo; pelo menos, em qualquer sentido verdadeiro ou estável. Ele era um pouco parecido com seu pai desconhecido.

VII.

No entanto, tudo isso foi apenas o prólogo do verdadeiro horror de Dunwich. As formalidades foram cumpridas por funcionários desnorteados, detalhes anormais foram devidamente mantidos em segredo da imprensa e do público, e homens foram enviados a Dunwich e Aylesbury para procurar propriedades e notificar qualquer um que pudesse ser herdeiro do falecido Wilbur Whateley. Eles encontraram o campo em grande agitação, tanto por causa dos crescentes estrondos sob as colinas abobadadas, quanto por causa do fedor inusitado e dos sons crescentes que vinham com cada vez mais frequência da grande concha vazia que formava a casa fechada com tábuas dos Whateley. Earl Sawyer, que cuidou do cavalo e do gado durante a ausência de Wilbur, desenvolveu uma crise nervosa aguda. Os oficiais inventaram desculpas para não entrar no fétido local trancado; e ficaram felizes em resumir, em uma única visita, sua inspeção dos aposentos do falecido e dos galpões recém-consertados. Eles apresentaram um relatório detalhado no tribunal em Aylesbury, e dizem que os litígios relativos à herança ainda estão em andamento entre os inúmeros Whateley, decadentes e não decadentes, do vale superior do Miskatonic.

Um manuscrito quase interminável, com caracteres estranhos, considerado uma espécie de diário por causa do espaçamento e das variações de tinta e caligrafia, apresentava-se como um quebra-cabeça desconcertante para quem o encontrou na velha cômoda que servia de escrivaninha de seu dono. Após uma semana de debate, o item foi enviado à Universidade Miskatonic, junto com a coleção de livros estranhos do falecido, para estudo e possível tradução; mas mesmo os melhores linguistas logo perceberam que não era provável que fosse desvendado com facilidade. Nenhum vestígio do ouro antigo com o qual Wilbur e o Velho Whateley sempre pagaram suas dívidas foi descoberto.

Foi na noite de 9 de setembro que o horror se desencadeou. Os ruídos das colinas foram muito pronunciados durante o início da noite, e os cães latiram freneticamente durante toda a madrugada. Os madrugadores notaram um fedor peculiar no ar no dia 10. Por volta das 7 horas, Luther Brown, o empregado da propriedade de George Corey, entre o Vale da fonte Fria e a vila, voltou correndo freneticamente de sua viagem matinal à Campina dos Dez Acres com as vacas. Ele estava quase convulsionando de medo quando tropeçou na cozinha; e, no pátio do lado de fora, o rebanho não menos assustado estava pateando e mugindo lamentavelmente, tendo seguido o menino de volta no mesmo pânico que ele. Entre suspiros, Luther tentou balbuciar sua história para a Sra. Corey.

— Lá em cima na estrada além do vale, Sra. Corey, tem algo lá! Está com cheiro de tempestade, e todos os arbustos e as árvores pequenas foram arrancadas como se tivessem passado com uma casa por lá, e isso não é o pior. Há pegadas na estrada, Sra. Corey, grandes pegadas redondas e tão grandes quanto cabeças de barril, todas afundadas profundamente como se um elefante tivesse passado, e é uma coisa que nem quatro pés poderiam fazer. Olhei uma ou duas vezes antes de correr, e vi que todas estavam cobertas de linhas que vinham de um lugar só, como se fossem grandes leques de folhas de palmeira, duas ou três vezes maiores do que qualquer uma delas. E o cheiro era horrível, como o que exala na velha casa do feiticeiro Whateley...

Nesse momento, ele vacilou, e pareceu estremecer novamente com o medo que o fez voar para casa. A Sra. Corey, incapaz de extrair mais informações, começou a telefonar para os vizinhos; iniciando assim a onda de pânico que anunciaria os maiores terrores. Quando ela ligou para Sally Sawyer, governanta de Seth Bishop, o vizinho mais próximo da propriedade dos Whateley, foi sua vez de ouvir em vez de falar; pois o filho de Sally, Chauncey, que dormia mal, estivera na colina em direção à fazenda dos Whateley e voltara aterrorizado depois de uma olhada no lugar e no pasto onde as vacas do Sr. Bishop haviam passado a noite.

— Sim, Sra. Corey — disse a voz trêmula de Sally —, Chauncey acabou de voltar de lá, e não podia nem falar de tão assustado! Ele disse que a casa de Whateley explodiu, com as madeiras espalhadas como se tivessem colocado dinamite dentro; só o piso de baixo ficou, mas está todo coberto com uma espécie de alcatrão de um cheiro horrível e fica pingando das bordas sobre o chão onde as vigas laterais são destruídas. E têm marcas mais horríveis no quintal, grandes marcas redondas maiores do que um barril, e todas grudentas com a mesma coisa que está na casa explodida. Chauncey disse que elas iam em direção ao pasto, onde um grande rastro, mais largo do que um celeiro, e todas as paredes de pedra estavam caídas por onde ele passou. E ele disse, Sra. Corey, que estava procurando as vacas de Seth, assustado como estava, e as encontrou no pasto alto, perto do Campo do Demônio e num estado horrível. Metade delas sumiu, e a metade que sobrou estava quase sem sangue, com feridas iguais às que apareceram no gado de Whateley quando o pirralho preto de Lavínia nasceu. Seth saiu agora para procurar as vacas, embora eu possa jurar que ele não vai querer chegar muito perto da casa do feiticeiro Whateley! Chauncey não parecia ansioso para ver até onde ia o rastro depois que saiu do pasto, mas ele disse que acha que vai pela estrada até a vila. Eu lhe digo, Sra. Corey, tem algo lá fora que não deveria estar lá, e eu acho que o preto Wilbur Whateley, como teve o fim que merecia, está metido nisso. Ele não era todo humano, eu sempre disse isso a todo mundo; e eu acho que ele e o Velho Whateley devem ter criado algo naquela casa trancada que não era de todo humano que nem ele. Sempre teve coisas invisíveis ao redor de Dunwich, coisas vivas, que não são humanas e não são boas para humanos. O chão estava fazendo barulho ontem à noite, e pela manhã Chauncey ouviu os pássaros noturnos tão alto do Vale da Fonte Fria que não conseguiu mais dormir. Então ele pensou ter ouvido outro som fraco na direção do sítio do feiticeiro Whateley, uma espécie de barulho de madeira, como se uma grande caixa ou caixote estivesse sendo aberto. Com isso e aquilo, ele não conseguiu dormir até o nascer do sol, e assim que se levantou esta manhã, ele teve que ir até a casa de Whateley e ver qual é o problema. Ele viu o suficiente, eu lhe digo, Sra. Corey! Isso não significa nada de bom, e eu acho que todos os homens deveriam se juntar e fazer alguma coisa... Eu sei que coisas horríveis estão acontecendo, e sinto que minha hora está próxima, embora só Deus saiba exatamente quando é. Seu filho Luther viu para onde aqueles grandes rastros levavam? Não? Sra. Corey, se eles estavam na estrada do vale, e deste lado, e ainda não chegaram à sua casa, eu calculo que eles devem ir para o próprio vale. Eles fariam isso. Eu digo que Vale da Fonte Fria não é um lugar bom e nem decente. Os pássaros noturnos e os vaga-lumes lá nunca agiram como se fossem criaturas de Deus, e dizem que você ouve coisas estranhas correndo e falando no ar desde que esteja no lugar certo, entre as rochas e a Toca do Urso.

Por volta do meio-dia, três quartos dos homens e meninos de Dunwich estavam marchando pelas estradas e prados entre as ruínas recentes dos Whateley e o Vale da Fonte Fria; examinando com horror as vastas e monstruosas pegadas, o gado mutilado de Bishop, os estranhos e malcheirosos destroços da casa da fazenda e a vegetação machucada e emaranhada dos campos e das estradas. O que quer que tenha se soltado sobre o mundo certamente desceu para a grande ravina sinistra; pois todas as árvores nas margens estavam tortas e quebradas, e uma grande alameda havia sido aberta na vegetação rasteira pendurada no precipício. Era como se uma casa, lançada por uma avalanche, tivesse deslizado pelos arbustos emaranhados da encosta quase vertical. Nenhum som vinha de lá de baixo, apenas um fedor distante e indefinível; e não é de se admirar que os homens preferissem ficar na beirada e discutir a respeito em vez de descer e enfrentar o desconhecido horror ciclópico em seu covil. Três cães que estavam com o grupo latiram furiosamente, a princípio, mas pareciam intimidados e relutantes quando estavam perto do vale. Alguém telefonou para o jornal *Aylesbury Transcript*; mas o editor, acostumado às histórias malucas de Dunwich, não fez mais do que inventar um parágrafo humorístico sobre isso; uma nota saiu logo depois pela *Associated Press*.

Naquela noite, todos foram para casa, e todas as casas e celeiros foram barricados o mais forte possível. É inútil dizer que nenhum gado foi autorizado a permanecer em pastagens abertas. Por volta das 2 da manhã, um fedor assustador e o latido selvagem dos cães acordaram a casa de Elmer Frye, na extremidade leste do Vale da Fonte Fria, e todos concordaram que podiam ouvir uma espécie de zunido abafado ou som de lambidas de algum lugar do lado de fora. A Sra. Frye propôs telefonar para os vizinhos, e Elmer estava prestes a concordar quando o barulho de madeira se estilhaçando interrompeu suas deliberações. Veio, aparentemente, do celeiro; e foi rapidamente seguido por horríveis gritos e batidas no meio do gado. Os cães babavam e se agachavam perto dos pés da família entorpecida pelo medo. Frye acendeu uma lanterna por força do hábito, mas sabia que seria a morte sair para aquele curral tomado pela escuridão. As crianças e as mulheres choramingavam, impedidas de gritar por algum instinto de defesa obscuro e residual que lhes dizia que suas vidas dependiam do silêncio. Por fim, o barulho do gado diminuiu para um lamentável gemido, e seguiu-se um grande estalar e crepitar. Os Frye, amontoados na sala de estar, não se atreveram a se mexer até que os últimos ecos se extinguiram no Vale da Fonte Fria. Então, em meio aos gemidos lúgubres do estábulo e os pios demoníacos dos pássaros na ravina, Selina Frye cambaleou até o telefone e espalhou todas as notícias que pôde da segunda fase do horror.

No dia seguinte, todo o campo estava em pânico; e grupos intimidados e pouco comunicativos iam e vinham de onde a coisa diabólica ocorrera. Duas faixas titânicas de destruição se estendiam do vale até o pátio da fazenda Frye, pegadas monstruosas cobriam os trechos de terra batida e um lado do velho celeiro vermelho havia desmoronado completamente. Do gado, apenas cerca de um quarto foi encontrado e identificado. Alguns deles estavam em fragmentos curiosos, e todos os que sobreviveram tiveram que ser sacrificados. Earl Sawyer sugeriu que alguma ajuda fosse pedida a Aylesbury ou Arkham, mas outros sustentaram que seria inútil. O velho Zebulon Whateley, de um ramo da família que pairava a meio caminho entre a solidez e a decadência, fez sugestões sombriamente selvagens sobre ritos que deveriam ser praticados no topo das colinas. Ele veio de uma linha onde a tradição era forte, e suas lembranças de cânticos nos grandes círculos de pedra não estavam totalmente ligadas a Wilbur e seu avô.

A escuridão caiu sobre um vilarejo devastado e passivo demais para se organizar para uma defesa real. Em alguns casos, famílias intimamente relacionadas se juntavam e observavam na escuridão sob o mesmo teto; mas, em geral, havia apenas uma repetição da barricada da noite anterior e um gesto fútil e ineficaz de carregar mosquetes e colocar forcados com facilidade. Nada, porém, ocorreu exceto alguns ruídos na colina; e quando o dia chegou, muitos esperavam que o novo horror tivesse passado tão rapidamente quanto havia chegado. Houve até almas ousadas que propuseram uma expedição ofensiva no vale, embora não se atrevessem a dar um exemplo efetivo à maioria ainda relutante.

Quando a noite voltou, as barricadas foram, novamente, levantadas, embora houvesse menos aglomeração de famílias. De manhã, tanto a família Frye quanto a família Seth Bishop relataram agitação entre os cães, sons vagos e fedores de longe, enquanto os primeiros exploradores notaram com horror um novo conjunto de pegadas monstruosas na estrada que contornava a Colina Sentinela. Como antes, as laterais da estrada mostravam uma contusão indicativa da dimensão estupenda e blasfema do horror; enquanto a formação dos rastros parecia sugerir uma passagem em duas direções, como se a montanha em movimento tivesse vindo do Vale da Fonte Fria e retornado a ela pelo mesmo caminho. Na base da colina, uma faixa de nove metros de arbustos e mudas esmagadas subia abruptamente, e os homens engasgaram ao ver que mesmo nos lugares mais íngremes não desviavam a trilha inexorável. Qualquer que fosse o horror, ele poderia escalar um penhasco pedregoso quase completamente vertical; e enquanto os investigadores subiam até o cume da colina por rotas mais seguras, viram que a trilha terminava — ou melhor, mudava de rumo — ali.

Era aqui que os Whateley costumavam construir suas fogueiras infernais e entoar seus rituais também infernais junto à pedra em forma de mesa na véspera de primeiro de maio e dia de Todos os Santos. Agora aquela mesma pedra formava o centro de um vasto espaço sacudido pelo horror montanhoso, enquanto sobre sua superfície ligeiramente côncava havia um depósito espesso e fétido da mesma viscosidade alcatroada observada no chão da casa da fazenda Whateley em ruínas quando o horror escapou. Os homens se entreolharam e murmuraram. Então eles olharam para baixo da colina. Aparentemente, o horror havia descido por uma rota muito parecida com a da subida. Especular era inútil. Razão, lógica e ideias normais de motivação ficaram confusas. Só o velho Zebulon, que não estava com o grupo, poderia ter feito justiça à situação ou sugerido uma explicação plausível.

A noite de quinta-feira começou como as outras, mas terminou menos feliz. Os pássaros noturnos no vale haviam gritado com uma persistência tão incomum que muitos não conseguiram dormir, e por volta das 3 da manhã todos os telefones das pessoas envolvidas tocaram insistentemente. Aqueles que atenderam ouviram uma voz assustada gritando: "Socorro, oh, meu Deus!..." E alguns pensaram que um som de estrondo se seguiu à interrupção da exclamação. Não havia mais nada. Ninguém ousava fazer nada, e ninguém sabia até o raiar do dia a quem pertencia a voz no telefone. Então, aqueles que atenderam se comunicaram e descobriram que apenas os Frye não responderam. A verdade apareceu uma hora depois, quando um grupo de homens armados reunido às pressas marchou até a casa dos Frye na entrada do vale. Foi horrível, mas não uma surpresa. Havia mais faixas e pegadas monstruosas, mas já não havia casa. Desmoronara como uma casca de ovo, e entre as ruínas nada vivo ou morto pôde ser descoberto — apenas um fedor e uma viscosidade de alcatrão. Os Elmer Frye foram apagados de Dunwich.

VIII.

Enquanto isso, uma fase mais silenciosa, porém ainda mais espiritualmente pungente, do horror estava se desenrolando sombriamente atrás da porta fechada de uma sala repleta de prateleiras em Arkham. O curioso registro manuscrito ou diário de Wilbur Whateley, entregue à Universidade Miskatonic para tradução, causou muita preocupação e perplexidade entre os especialistas em línguas antigas e modernas; seu próprio alfabeto, apesar de ter uma semelhança geral com o árabe fortemente sombreado usado na Mesopotâmia, era absolutamente desconhecido de qualquer autoridade disponível. A conclusão final dos linguistas foi que o texto representava um alfabeto artificial, dando o efeito de uma cifra; embora nenhum dos métodos usuais de solução criptográfica parecesse fornecer qualquer pista, mesmo quando aplicados com base em todas as línguas que o escritor poderia ter usado. Os livros antigos tirados dos aposentos de Whateley, embora interessantes e em vários casos prometendo abrir novas e terríveis linhas de pesquisa entre filósofos e homens de ciência, não ajudaram em nada nesse assunto. Um deles, um tomo pesado com fecho de ferro, estava em outro alfabeto desconhecido — este de um elenco muito diferente, e mais parecido com o sânscrito do que qualquer outra coisa. O livro antigo foi finalmente entregue ao Dr. Armitage, tanto por causa de seu interesse peculiar no assunto Whateley, quanto por causa de seu amplo conhecimento linguístico e habilidade nas fórmulas místicas da Antiguidade e da Idade Média.

Armitage teve a ideia de que o alfabeto poderia ser algo usado esotericamente por certos cultos proibidos que vieram de tempos antigos e que herdaram muitas formas e tradições dos magos do mundo sarraceno. Essa pergunta, no entanto, ele não considerou vital; pois seria desnecessário saber a origem dos símbolos se, como ele suspeitava, eles fossem usados como cifra em uma linguagem moderna. Ele acreditava que, considerando a grande quantidade de texto envolvido, o escritor dificilmente teria desejado usar outro discurso que não o seu, salvo talvez em certas fórmulas e encantamentos especiais. Assim, ele lançou-se ao manuscrito com a suposição preliminar de que a maior parte dele estava em inglês.

O Dr. Armitage sabia, pelos repetidos fracassos de seus colegas, que o enigma era profundo e complexo, e que nenhum modo simples de solução poderia merecer sequer um teste. Durante todo o final de agosto, ele se fortaleceu com o conhecimento maciço da criptografia, aproveitando os recursos mais completos de sua própria biblioteca e vagando noite após noite em meio aos arcanos das obras: *Poligraphia*, de Trithemius, *De Furtivis Literarum Notis*, de Giambattista Porta, *Traité des Chiffres*, de De Vigenere, *Cryptomenysis Patefacta*, de Falconer, os tratados do século XVIII, de Davys e Thicknesse, e autoridades bastante modernas como Blair e von Marten, e *Kryptographik* de Klüber. Ele intercalou seu estudo dos livros com investigações do manuscrito em si e, com o tempo, convenceu-se de que precisava lidar com um dos mais sutis e engenhosos criptogramas, nos quais muitas listas separadas de letras correspondentes são organizadas como a tabuada de multiplicação, e a mensagem construída com palavras-chave arbitrárias conhecidas apenas pelos iniciados. As referências mais antigas pareciam bem mais úteis do que as mais novas, e Armitage concluiu que o código do manuscrito era muito antigo, sem dúvida transmitido por uma longa linhagem de experimentadores místicos. Várias vezes ele parecia ter encontrado a luz, mas logo era impedido por algum obstáculo imprevisto. Então, à medida que setembro se aproximava, as nuvens começaram a clarear. Certas letras, como as usadas em determinadas partes do manuscrito, surgiram de forma definitiva e inconfundível; tornando-se óbvio que o texto estava, de fato, escrito em inglês.

Na noite de 2 de setembro, a última grande barreira cedeu, e o Dr. Armitage leu pela primeira vez uma passagem contínua dos registros de Wilbur Whateley. Era de fato um diário, como todos pensavam; e estava redigido em um estilo que mostrava claramente a mistura de erudição oculta e analfabetismo geral do ser estranho que a escreveu. Praticamente a primeira longa passagem que Armitage decifrou, uma entrada datada de 26 de novembro de 1916, provou ser altamente surpreendente e inquietante. Foi escrita, ele lembrou, por uma criança de três anos e meio que parecia um menino de doze ou treze anos. Estava escrito o seguinte:

Hoje aprendi o Aklo[19] para o Sabaoth[20], não gostei, era respondido da colina e não do ar. Aquilo lá em cima está mais à minha frente que eu pensava que estaria, e não parece ter muito cérebro da Terra. Atirei no Jack, o collie de Elam Hutchins, quando ele veio me morder, e Elam disse que me mataria se ele morresse. Acho que ele não vai. Vovô me fez repetir a fórmula Dho ontem à noite, e acho que vi a cidade interior nos dois polos magnéticos. Eu irei para esses polos quando a Terra for dizimada, se eu não conseguir romper com a fórmula Dho-Hna quando eu a praticar. Aqueles do ar me disseram no Sabá que levaria anos até que eu pudesse dizimar a Terra, e acho que o vovô já estará morto até lá, portanto terei que aprender todos os ângulos dos planos e todas as fórmulas entre o Yr e o Nhngr. Eles de fora ajudarão, mas não podem ganhar corpo sem sangue humano. Aquilo no andar de cima parece que vai ter a forma certa. Posso vê-lo um pouco quando faço o sinal Yoorish ou sopro o poder de Ibn Ghazi nele, e é quase como eles na véspera de primeiro de maio na colina. A outra face pode se desgastar um pouco. Eu me pergunto como ficarei quando a Terra for dizimada e não houver seres terrestres nela. Aquele que veio com a Aklo Sabaoth disse que eu poderia ser transfigurado, havendo muito do lado de fora para trabalhar.

Ao amanhecer, o Dr. Armitage estava suando frio de terror e em um frenesi de concentração. Ele não havia deixado o manuscrito a noite toda, mas ficou

---

19 Aklo é o nome de uma linguagem fictícia que tem sido usada por muitos autores desde sua primeira referência, em 1899.
20 O Aklo Sabaoth é uma fórmula na linguagem Aklo usada para invocar seres extradimensionais.

sentado à sua mesa sob a luz elétrica, virando página após página com as mãos trêmulas o mais rápido que conseguia decifrar o texto enigmático. Ele havia telefonado para sua esposa, nervoso, dizendo que não voltaria para casa, e quando ela lhe trouxe um desjejum ele mal pôde dispor de um bocado. Durante todo aquele dia ele continuou lendo, de vez em quando parava quando uma re-aplicação do complexo código se tornava necessária. Almoço e jantar lhe foram trazidos, mas ele comeu apenas a menor fração de ambos. No meio da noite seguinte, ele cochilou em sua cadeira, mas logo acordou de um emaranhado de pesadelos quase tão hediondos quanto as verdades e ameaças à existência do homem que ele havia descoberto.

Na manhã de 4 de setembro, o professor Rice e o Dr. Morgan insistiram em vê-lo por um tempo e partiram trêmulos e com semblantes acinzentados. Naquela noite, Armitage foi para a cama, mas não dormiu bem. Quarta-feira — no dia seguinte — ele estava de volta ao manuscrito e começou a tomar notas copiosas tanto das seções atuais quanto daquelas que já havia decifrado. Nas primeiras horas daquela noite ele dormiu um pouco em uma poltrona em seu escritório, mas estava no manuscrito novamente antes do amanhecer. Algum tempo antes do meio-dia, seu médico, Dr. Hartwell, ligou para vê-lo e insistiu que parasse de trabalhar. Armitage recusou, insinuando que era da maior importância para ele completar a leitura do diário e prometendo uma explicação no devido tempo.

Naquela noite, assim que o crepúsculo caiu, ele terminou sua terrível leitura e afundou exausto. Sua esposa, trazendo seu jantar, o encontrou em estado semicomatoso; mas ele estava consciente o suficiente para lhe advertir com um grito agudo quando viu os olhos dela vagarem em direção às anotações que havia feito. Levantando-se fracamente, Armitage juntou os papéis rabiscados e os selou em um grande envelope, que imediatamente colocou no bolso interno do casaco. Ele tinha forças suficientes para chegar em casa, mas estava tão claramente precisando de ajuda médica que o Dr. Hartwell foi chamado imediatamente. Enquanto o médico o colocava na cama, ele só conseguia murmurar repetidamente: "Mas o que, em nome de Deus, podemos fazer?"

O Dr. Armitage dormiu, mas delirou parcialmente no dia seguinte. Ele não deu explicações a Hartwell, mas em seus momentos mais calmos falou da necessidade imperiosa de uma longa conferência com Rice e Morgan. Seus devaneios mais selvagens eram realmente muito surpreendentes, incluindo apelos frenéticos para que algo em uma casa de fazenda fechada com tábuas fosse destruído, e referências fantásticas a algum plano para a extirpação de toda a raça humana e toda a vida animal e vegetal da Terra por alguma terrível raça anciã de seres de outra dimensão. Ele gritava que o mundo estava em perigo, uma vez que as Coisas Antigas desejavam despojá-lo e arrastá-lo para longe do sistema solar e Cosmos da matéria para outro plano ou fase de existência do qual havia um dia saído há milhares de trilhões de Eras. Outras vezes ele chamava o temido *Necronomicon* e a *Daemonolatreia* de Remigius, em que ele parecia esperançoso de encontrar alguma fórmula para conter o perigo que mencionara.

— Pare-os, pare-os! — ele gritava. — Aqueles Whateley queriam deixá-los entrar, e o pior ainda está por vir! Diga a Rice e Morgan que devemos fazer alguma coisa, é um tiro no escuro, mas eu sei como fazer o pó... Aquilo não foi alimentado desde o dia 2 de agosto, quando Wilbur veio aqui para sua morte, e nesse ritmo...

Armitage tinha um físico saudável, apesar dos seus setenta e três anos, e curou-se de sua indisposição após dormir aquela noite sem desenvolver nenhum estado febril. Ele acordou no final da sexta-feira, lúcido, embora demonstrando um medo persistente e um enorme senso de responsabilidade. No sábado à tarde, ele se sentiu capaz de ir à biblioteca e convocar Rice e Morgan para uma conferência, e o resto daquele dia e da noite os três homens torturaram seus cérebros na mais louca especulação e no debate mais desesperado. Livros estranhos e terríveis foram retirados aos montes das prateleiras e de locais seguros de armazenamento, e diagramas e fórmulas foram copiados com pressa febril e em abundância desconcertante. De ceticismo não restava nada. Todos os três tinham visto o corpo de Wilbur Whateley deitado no chão de uma sala daquele mesmo prédio, e, depois disso, nenhum deles poderia sentir a menor inclinação a tratar o diário como delírio de um louco.

As opiniões foram divididas quanto a notificar a Polícia Estadual de Massachusetts, e a negativa finalmente venceu. Havia coisas envolvidas que simplesmente não podiam ser acreditadas por aqueles que não tinham visto uma amostra, como de fato ficou claro durante algumas investigações posteriores. Tarde da noite a conferência se desfez sem ter desenvolvido um plano definido, mas durante todo o domingo Armitage esteve ocupado comparando fórmulas e misturando produtos químicos obtidos no laboratório da faculdade. Quanto mais refletia sobre o diário infernal, mais ele se inclinava a duvidar da eficácia de qualquer agente material em eliminar a entidade que Wilbur Whateley havia deixado para trás — a entidade ameaçadora que, sem que ele soubesse, iria irromper em poucas horas e se tornar o memorável horror de Dunwich.

A segunda-feira foi uma repetição do domingo para o Dr. Armitage, pois a tarefa em mãos exigia uma infinidade de pesquisas e experimentos. Consultas posteriores ao monstruoso diário provocaram várias mudanças de planos, e ele sabia que, mesmo no final, uma grande quantidade de incerteza deveria permanecer. Na terça-feira, ele tinha uma linha de ação definida mapeada e acreditava que tentaria uma viagem a Dunwich dentro de uma semana. Então, na quarta-feira, veio o grande choque. Escondido num canto de página do *Arkham Advertiser,* um pequeno artigo jocoso da *Associated Press*, contando sobre um monstro nunca visto que o uísque pirata de Dunwich trouxera à tona. Armitage, meio atordoado, só conseguiu telefonar para Rice e Morgan. Discutiram noite adentro, e o dia seguinte foi um turbilhão de preparativos por parte de todos. Armitage sabia que estaria se intrometendo com poderes terríveis, mas viu que não havia outra maneira de anular a intromissão mais profunda e maligna que outros haviam feito antes dele.

IX.

Na sexta-feira de manhã, Armitage, Rice e Morgan partiram de carro para Dunwich, chegando à vila por volta da uma da tarde. O dia estava agradável, mas mesmo sob o sol mais forte, uma espécie de pavor e presságio silenciosos pareciam pairar sobre as colinas estranhamente arredondadas e as ravinas profundas e sombrias da região assolada. De vez em quando, no topo de alguma montanha, um círculo esquelético de pedras podia ser vislumbrado contra o céu. Pelo ar de medo abafado na venda do Osborn, eles souberam que algo horrível havia acontecido, e logo souberam da aniquilação da casa e da família Elmer Frye. Ao longo daquela tarde eles cavalgaram ao redor de Dunwich, questionando os nativos sobre tudo o que havia ocorrido, e vendo por si mesmos com crescentes pontadas de horror as terríveis ruínas de Frye com seus vestígios persistentes da viscosidade do alcatrão, as pegadas blasfemas no pátio de Frye, o gado ferido de Seth Bishop e as enormes faixas de vegetação perturbada em vários lugares. A trilha para cima e para baixo no Colina Sentinela pareceu ter um significado quase cataclísmico a Armitage, e ele olhou longamente para a sinistra pedra parecida com um altar no cume.

Por fim, os visitantes, informados de que um grupo da Polícia Estadual viera de Aylesbury naquela manhã em resposta às primeiras notícias telefônicas sobre a tragédia de Frye, decidiram procurar os oficiais e comparar as notas na medida do possível. Isso, no entanto, eles acharam mais fácil de planejar do que de executar; já que nenhum sinal do grupo foi encontrado em qualquer direção. Havia cinco deles em um carro, mas agora o carro estava vazio perto das ruínas no pátio dos Frye. Os nativos, que haviam conversado com os policiais, pareceram a princípio tão perplexos quanto Armitage e seus companheiros. Então o velho Sam Hutchins pensou em alguma coisa e ficou pálido, cutucando Fred Farr e apontando para o buraco úmido e profundo que se abria ali perto.

— Puxa — ele engasgou —, eu disse a eles para não irem para o vale, e nunca pensei que ninguém iria fazer isso com aqueles rastros e aquele cheiro e os pássaros noturnos gritando lá em baixo no escuro em pleno meio-dia...

Um calafrio percorreu tanto os nativos quanto os visitantes, e todos os ouvidos pareciam tensos em uma espécie de escuta instintiva e inconsciente. Armitage, agora que de fato se deparara com o horror e seu trabalho monstruoso, tremia com a responsabilidade que sentia ser sua. A noite logo cairia, e era então que a blasfêmia montanhosa se arrastava em seu curso sobrenatural. *Negotium perambulans in tenebris...*[21] O velho bibliotecário ensaiou as fórmulas que havia memorizado e agarrou o papel contendo as alternativas que não havia memorizado. Ele viu que sua lanterna elétrica estava funcionando. Rice, ao lado dele, tirou de uma maleta um pulverizador de metal do tipo usado no combate a insetos; enquanto Morgan desembalou o rifle de grande porte no qual ele confiava, apesar dos avisos de seu colega de que nenhuma arma material seria útil.

Armitage, tendo lido o horrendo diário, sabia muito bem que tipo de manifestação esperar, mas não aumentou o medo do povo de Dunwich dando quaisquer dicas ou pistas. Ele esperava que pudesse ser derrotado sem qualquer revelação ao mundo da coisa monstruosa que havia escapado daquela casa. À medida que as sombras se reuniam, os nativos começaram a se dispersar de volta para casa, ansiosos para se trancar dentro delas, apesar da evidência atual de que todas as fechaduras e ferrolhos humanos eram inúteis diante de uma força que podia dobrar árvores e esmagar casas quando quisesse. Eles balançaram a cabeça para o plano dos visitantes de ficar de guarda nas ruínas de Frye perto do vale; e, ao saírem, tinham pouca expectativa de ver os observadores novamente.

Houve estrondos sob as colinas naquela noite, e os pássaros cantaram ameaçadoramente. De vez em quando um vento, soprando do Vale da Fonte Fria, trazia um toque de fedor inefável ao ar pesado da noite; um fedor que todos os três observadores haviam cheirado uma vez antes, quando estavam acima de uma coisa moribunda que havia passado quinze anos e meio como um ser humano. Mas o terror esperado não apareceu. O que quer que estivesse lá em-

---

21 Negócios atravessando a escuridão, em latim.

baixo no vale estava esperando seu tempo, e Armitage disse a seus colegas que seria suicídio tentar atacá-lo no escuro.

A manhã chegou pálida e os sons noturnos cessaram. Era um dia cinzento e sombrio, com uma garoa de vez em quando; e nuvens cada vez mais pesadas pareciam estar se acumulando além das colinas a noroeste. Os homens de Arkham estavam indecisos sobre o que fazer. Buscando abrigo das chuvas crescentes sob uma das poucas dependências Frye não destruídas, eles debateram a sabedoria de esperar, ou de convocar os homens e descer o vale em busca de sua presa monstruosa e inominável. O aguaceiro tornou-se pesado, e estrondos de trovões soaram de horizontes distantes. Um relâmpago brilhou, e então um raio de forquilha caiu perto de onde estavam, como se estivesse descendo no próprio vale amaldiçoado. O céu ficou muito escuro, e os observadores esperavam que a tempestade fosse curta e forte, seguida de tempo claro.

Ainda estava terrivelmente escuro quando, não muito mais de uma hora depois, uma confusão de vozes soou na estrada. Outro momento trouxe à vista um grupo assustado de mais de uma dúzia de homens, correndo, gritando e até choramingando histericamente. Alguém na liderança começou a soluçar palavras, e os homens de Arkham sobressaltaram-se violentamente quando aquelas palavras desenvolveram uma forma coerente.

— Oh, meu Deus, meu Deus! — a voz engasgou —, está acontecendo de novo, e desta vez de dia! Está acontecendo e se movendo neste exato minuto, e só o Senhor sabe quando acabará com todos nós!

O orador arfou em silêncio, mas outro continuou sua mensagem.

— Há cerca de uma hora, Zeb Whateley ouviu o telefone tocando, e era a Sra. Corey, esposa de George, que mora perto do cruzamento. Ela disse que o garoto ajudante Luther estava tirando o gado da chuva depois que aquele raio caiu, quando viu todas as árvores se curvando no meio do vale, e sentiu o mesmo cheiro horrível de quando encontrou os grandes rastros na segunda-feira de manhã. E ela disse que ele afirmou ter ouvido um assobio e um barulho de água, que as árvores e arbustos não poderiam fazer sozinhos, e de repente as árvores ao longo da rodovia começaram a ser empurradas para um lado, e ele ouviu uma pisada terrível espirrando na lama, mas Luther não viu nada, apenas ouviu as árvores curvando. Então, mais à frente, onde o córrego dos Bishop passa por baixo da rodovia, ele ouviu um terrível rangido na ponte, e disse que poderia dizer pelo som da madeira que a ponte começava a rachar. E não viu nada, apenas ouviu as árvores curvando, e quando a Colina Sentinela começou a estalar, Luther teve a coragem de subir até onde ele tinha escutado o barulho começar e olhou para o chão. Era tudo lama e água, e o céu estava escuro, e a chuva estava limpando todos os rastros o mais rápido possível; mas começando na boca do barranco, para onde o leito das árvores se movia, ainda havia algumas daquelas impressões horríveis, grandes como barris, como ele tinha visto na segunda-feira.

Neste ponto, o primeiro narrador agitado interrompeu:

— Mas aquilo foi apenas o começo. Zeb estava chamando as pessoas e todo mundo estava ouvindo quando uma ligação de Seth Bishop o interrompeu. Sua criada Sally estava gritando. Ela tinha acabado de ver as árvores curvando-se ao lado da rodovia, e dizia que elas estavam fazendo um barulho, como um elefante bufando e pisando, indo para a casa. E falou de repente de um cheiro terrível, e disse que seu filho Chauncey estava gritando que o cheiro era o mesmo que ele tinha sentido na segunda de manhã nas ruínas dos Whateley. E os cachorros estavam todos latindo e gemendo. E então ela soltou um grito trêmulo, e disse que de madrugada o galpão cedeu como se a tempestade tivesse passado por lá, só que o vento não estava forte o suficiente para fazer aquilo. Todos podiam ouvir um monte de gente ofegante pelo telefone. Sally gritou novamente, e disse que a grade do jardim da frente estava amassada, embora não houvesse nenhum sinal de quem havia feito aquilo. Todos ouviram Chauncey e o velho Seth Bishop berrando, e Sally estava gritando que algo pesado tinha atingido a casa — não era relâmpago nem nada, mas alguma coisa pesada forçando a frente, isso continuou se lançando de novo e de novo, embora ninguém visse nada das janelas da frente. E então... e então...

Traços de medo se aprofundaram em cada rosto, e Armitage, abalado como estava, mal tinha equilíbrio suficiente para incitar o narrador.

— E então... Sally gritou: "Ai, socorro, a casa está desmoronando"... E pelo telefone nós ouvimos um barulho terrível e uma gritaria... igual quando o lugar de Elmer Frye foi tomado, só que pior...

O homem fez uma pausa, e outro da multidão falou:

— Isso é tudo, nem um som nem um gemido foi ouvido no telefone. Nós que ouvimos isso saímos de carros e carroças e reunimos o maior número possível de homens fisicamente aptos, no Corey, e viemos até aqui para ver o que você acha que devemos fazer. Mas acho que é o julgamento do Senhor, e que nenhum mortal jamais poderá fugir.

Armitage viu que chegara a hora da ação positiva e falou decisivamente para o vacilante grupo de rústicos assustados:

— Nós devemos segui-lo, rapazes — ele fez sua voz soar tão reconfortante quanto possível. — Eu acredito que há uma chance de acabar com isso. Vocês homens sabem que aqueles Whateley eram bruxos; bem, essa coisa é algo de feitiçaria e deve ser derrubada pelos mesmos meios. Eu vi o diário de Wilbur Whateley e li alguns dos livros antigos e estranhos que ele costumava ler, e acho que sei o tipo certo de feitiço que deve ser recitado para fazer a coisa desaparecer. Claro, não se pode ter certeza, mas sempre podemos arriscar. É invisível, eu sabia que seria, mas há um pó neste pulverizador de longa distância que pode fazê-lo aparecer por um segundo. Mais tarde vamos tentar. É uma coisa assustadora de se ver, mas não é tão ruim quanto o que Wilbur teria deixado entrar se ele tivesse vivido mais. Nunca saberei do que o mundo escapou. Agora temos apenas uma coisa para lutar, e ela não pode se multiplicar. Pode, no entanto, fazer muito mal; por isso não devemos hesitar em livrar a comunidade dela. Devemos segui-lo, e a maneira de começar é ir até o lugar que acabou de ser destruído. Deixe alguém liderar o caminho, não conheço muito bem suas estradas, mas tenho uma ideia de que pode haver um caminho mais curto. Que tal?

Os homens esquivaram-se por um momento, e então Earl Sawyer falou baixinho, apontando com um dedo sujo através da chuva cada vez mais fraca:

— Acho que você vai chegar mais rápido ao sítio Bishop atravessando o riacho no lugar mais baixo, e subindo pela ceifa do Carrier e pelo lote de madeira mais adiante. Isso sai na parte superior. A rodovia fica perto do sítio de Seth.

Armitage, Rice e Morgan começaram a andar na direção indicada; e a maioria dos nativos o seguiram. O céu estava ficando mais claro e havia sinais de que a tempestade havia se dissipado. Quando Armitage inadvertidamente tomou uma direção errada, Joe Osborn o avisou e caminhou na frente para mostrar o caminho certo. A coragem e a confiança estavam aumentando; embora o crepúsculo da colina arborizada quase perpendicular que ficava no final de seu atalho, e entre cujas fantásticas árvores antigas eles tinham que escalar como se estivessem subindo uma escada, colocasse essas qualidades à prova.

Por fim, eles emergiram em uma estrada lamacenta para encontrar o sol saindo. Eles estavam um pouco além da propriedade de Seth Bishop, mas árvores curvadas e pegadas horrivelmente inconfundíveis mostravam o que havia passado. Apenas alguns momentos foram gastos na inspeção das ruínas logo após a curva. Foi o incidente de Frye de novo, e nada morto ou vivo foi encontrado em nenhuma das fachadas desmoronadas que haviam sido a casa e o celeiro dos Bishop. Ninguém se preocupou em permanecer ali em meio ao fedor e à viscosidade do alcatrão, mas todos se voltaram instintivamente para a linha de pegadas horríveis que conduziam à casa da fazenda Whateley destruída e às encostas coroadas de altar da Colina Sentinela.

Ao passarem pelo local da residência de Wilbur Whateley, os homens estremeceram visivelmente e pareciam novamente misturar hesitação com senso de dever. Não era brincadeira rastrear algo tão grande quanto uma casa que não se podia ver, mas que tinha toda a maldade de um demônio. Em frente à base da Colina Sentinela, os rastros saíam da estrada, e havia uma nova curva recém-formada visível ao longo da larga faixa que marcava a antiga rota do monstro indo e voltando do cume.

Armitage pegou um telescópio de bolso de alcance notável e examinou a encosta verde e íngreme da colina com ele. Então entregou o instrumento para Morgan, cuja visão estava mais aguçada. Após um momento de contemplação, Morgan deu um grito agudo, passando-o para Earl Sawyer e indicando um certo ponto na encosta com o dedo. Sawyer, tão desajeitado quanto a maioria dos que não usam dispositivos ópticos, atrapalhou-se um pouco, mas acabou focalizando as lentes com a ajuda de Armitage. Quando o fez, seu grito foi menos contido do que o de Morgan.

— Deus, todo-poderoso, a grama e os arbustos estão se movendo! Está subindo devagar e rastejando até o topo neste minuto, só Deus sabe o que vai fazer!

Então a semente do pânico pareceu se espalhar entre os exploradores. Uma coisa era perseguir a entidade sem nome, mas encontrá-la era outra. Os feitiços podem ser eficazes, mas e se não fossem? Vozes começaram a questionar Armitage sobre o que ele sabia a respeito da coisa, e nenhuma resposta pareceu satisfatória. Todos pareciam sentir-se próximos das fases da natureza, de seres totalmente proibidos, e completamente distantes da sanidade humana.

X.

No final, os três homens de Arkham — o velho Dr. Armitage, de barba branca, o atarracado e grisalho professor Rice, e o magro e jovem Dr. Morgan — subiram a montanha sozinhos. Depois de uma instrução muito paciente sobre seu foco e uso, eles deixaram o telescópio com o grupo assustado que permaneceu na estrada; e enquanto subiam eram observados de perto por aqueles entre os quais o instrumento era passado. Foi difícil, e Armitage teve que ser ajudado mais de uma vez. Bem acima do grupo que trabalhava, o grande rastro estremecia enquanto seu criador infernal passava com a lentidão de uma lesma. Então ficou óbvio que os perseguidores estavam ganhando terreno.

Curtis Whateley — do ramo não decadente — estava segurando o telescópio quando o grupo de Arkham desviou-se radicalmente do rastro. Ele disse à multidão que os homens estavam evidentemente tentando chegar a um pico que dava para o rastro em um ponto consideravelmente à frente de onde os arbustos agora se curvavam. Isso, de fato, provou ser verdade; e o grupo foi visto ganhar a elevação menor pouco tempo depois que a blasfêmia invisível passou.

Então Wesley Corey, que havia pegado o instrumento, gritou que Armitage estava ajustando o pulverizador que Rice segurava, e que algo devia estar para acontecer. A multidão se agitou, lembrando que este pulverizador deveria dar ao horror invisível um momento de visibilidade. Dois ou três homens fecharam os olhos, mas Curtis Whateley pegou o telescópio de volta e forçou sua visão ao máximo. Ele viu que Rice, do ponto de vista do grupo acima e atrás da entidade, tinha uma excelente chance de espalhar o pó potente com efeito maravilhoso.

Aqueles sem o telescópio viram apenas um flash instantâneo de nuvem cinzenta — uma nuvem do tamanho de um edifício moderadamente grande — perto do topo da montanha. Curtis, que segurava o instrumento, deixou-o cair com um grito agudo na estrada, que estava coberta de lama até os tornozelos. Ele cambaleou e teria caído no chão se dois ou três outros não o agarrassem e o firmassem. Tudo o que ele podia fazer era gemer de modo quase inaudível:

— Oh, oh, grande Deus... aquilo... aquilo...

Houve um pandemônio de questionamentos, e apenas Henry Wheeler pensou em resgatar o telescópio caído e limpá-lo da lama. Curtis estava além de qualquer coerência, e mesmo respostas isoladas eram quase demais para ele.

— Um celeiro maior... todo feito de cordas retorcidas... um casco em forma de ovo de galinha maior do que qualquer coisa, com dezenas de pernas como barris que se fecham quando pisam... não tem nada de sólido, tudo parece feito de gelatina, e de cordas se contorcendo juntas... grandes olhos esbugalhados por toda parte... dez ou vinte bocas e troncos espetados, grandes como canos de fogão, e todos abrindo e fechando... todo cinza, com anéis azuis ou roxos... e, Deus do céu, aquela cara pela metade em cima!

Essa lembrança final, qualquer que fosse, provou ser demais para o pobre Curtis, e ele desmoronou completamente, antes que pudesse dizer mais alguma coisa. Fred Farr e Will Hutchins o carregaram para a beira da estrada e o deitaram na grama úmida. Henry Wheeler, tremendo, virou o telescópio resgatado na montanha para ver o que podia. Através das lentes eram discerníveis três pequenas figuras, aparentemente correndo em direção ao cume tão rápido quanto a inclinação íngreme permitia. Apenas estes — nada mais. Então todos notaram um barulho estranhamente inoportuno no vale profundo atrás, e até mesmo na vegetação rasteira da própria Colina Sentinela. Era o pio de incontáveis urubus, e em seu coro estridente parecia espreitar uma nota de expectativa tensa e maligna.

Earl Sawyer pegou o telescópio e relatou que as três figuras estavam no cume mais alto, praticamente no mesmo nível da pedra do altar, mas a uma distância considerável dela. Uma figura, disse ele, parecia estar levantando as mãos acima da cabeça em intervalos rítmicos; e quando Sawyer mencionou a circunstância, a multidão pareceu ouvir um som fraco e meio musical à distância, como se um canto alto acompanhasse os gestos. A estranha silhueta naquele pico remoto devia ser um espetáculo grotesco e impressionante, mas nenhum observador estava com disposição para apreciação estética.

— Acho que ele está lançando o feitiço — sussurrou Wheeler enquanto pegava o telescópio de volta. Os pássaros estavam cantando descontroladamente, e em um ritmo irregular singularmente curioso, bem diferente do ritual visível.

De repente, a luz do sol pareceu diminuir sem a intervenção de qualquer nuvem discernível. Foi um fenômeno muito peculiar, e foi claramente notado por todos. Um som retumbante parecia se formar sob as colinas, misturado estranhamente com um estrondo concordante que claramente vinha do céu. O relâmpago brilhou no alto, e a multidão maravilhada procurou em vão os presságios da tempestade. O canto dos homens de Arkham agora se tornou inconfundível, e Wheeler viu através do telescópio que todos eles estavam levantando os braços em um encantamento rítmico. De alguma fazenda distante vinha o latido frenético de cães.

A mudança na qualidade da luz do dia aumentou, e a multidão olhou maravilhada ao redor do horizonte. Uma escuridão arroxeada, nascida de nada mais do que um aprofundamento espectral do azul do céu, pressionava as colinas estrondosas. Então o relâmpago brilhou novamente, um pouco mais brilhante do que antes, e a multidão imaginou que havia mostrado uma certa névoa ao redor da pedra do altar na altura distante. Ninguém, no entanto, estava usando o telescópio naquele instante. Os pássaros continuaram sua pulsação irregular, e os homens de Dunwich se prepararam, tensos, contra alguma ameaça imponderável de que a atmosfera parecia sobrecarregada.

Sem aviso vieram aqueles sons vocais profundos, rachados e estridentes que nunca sairão da memória do grupo ferido que os ouviu. Não nasceram de qualquer garganta humana, pois os órgãos do homem não podem produzir tais perversões acústicas. Em vez disso, alguém teria dito que eles vieram do próprio poço, se sua fonte não fosse tão inconfundivelmente a pedra do altar no pico. É quase errôneo chamá-los de sons, já que muito de seu timbre medonho e grave falava para lugares sombrios de consciência e terror muito mais sutis do que o ouvido; no entanto, deve-se fazê-lo, uma vez que sua forma era indiscutivelmente, embora vagamente, a de palavras semiarticuladas. Eles eram barulhentos — altos como os estrondos e os trovões acima dos quais ecoavam — mas não vinham de nenhum ser visível. E porque a imaginação pode sugerir uma fonte conjectural no mundo dos seres não visíveis, a multidão amontoada na base da montanha se aconchegou ainda mais e estremeceu como se esperasse um golpe.

— *Ygnaiih... ygnaiih... thflthkh'ngha... Yog-Sothoth...* — soou o resmungão medonho do espaço. — *Y'bthnk... h'ehye... n'grkdl'lh...*

O impulso de falar pareceu vacilar aqui, como se alguma terrível luta psíquica estivesse acontecendo. Henry Wheeler forçou os olhos ao telescópio, mas viu apenas as três silhuetas grotescas de figuras humanas no pico, todas movendo os braços furiosamente em gestos estranhos enquanto seu encantamento se aproximava de seu ápice. De que poços negros de medo ou sentimento aquerôntico[22], de que abismos insondáveis de consciência extracósmica ou hereditariedade obscura, há muito latente, esses trovões semiarticulados foram extraídos? Neste momento, eles começaram a reunir força e coerência renovadas à medida que cresciam em um frenesi absoluto, absoluto e final.

— *Eh-ya-ya-ya-yahaah... e'yaya-yayaaaa... ngh'aaaa... ngh'aaaa... h'yuh... h'yuh... SOCORRO! SOCORRO! pa-pa-pa PAI! PAI! YOG-SOTHOTH!*

Mas isso foi tudo. O grupo pálido na estrada, ainda cambaleando com as sílabas indiscutivelmente inglesas que caíram densa e estrondosamente do vazio frenético ao lado daquele altar de pedra chocante, nunca mais ouviriam tais sílabas. Em vez disso, pularam violentamente ao ouvir o terrível estrondo que parecia rasgar as colinas; o apelo ensurdecedor e cataclísmico cuja origem, fosse ela das profundezas da Terra ou do céu, nenhum ouvinte jamais foi capaz de localizar. Um único relâmpago disparou do zênite púrpura para a pedra do altar, e uma grande onda de força invisível e fedor indescritível desceu da colina para todo o campo. Árvores, grama e arbustos foram açoitados em fúria; e a multidão assustada na base da montanha, enfraquecida pelo fedor letal que parecia prestes a asfixiá-los, quase foi lançada do chão. Cães uivavam à distância, a grama verde e a folhagem murchavam para um curioso e doentio amarelo-acinzentado, e sobre o campo e a floresta espalharam-se os corpos dos pássaros noturnos mortos.

---

22 Relativo a Aqueronte, um dos rios do inferno, atravessado pelos mortos na embarcação conduzida pelo barqueiro Caronte.

O fedor passou rapidamente, mas a vegetação nunca mais voltou. Até hoje há algo estranho e profano sobre o crescimento das plantas em torno daquela colina assustadora. Curtis Whateley estava apenas recuperando a consciência quando os homens de Arkham desceram lentamente a montanha sob os raios de um sol mais uma vez brilhante e imaculado. Estavam sérios e quietos, e pareciam abalados por lembranças e reflexões ainda mais terríveis do que aquelas que haviam reduzido o grupo de nativos a um estado de tremor acovardado. Em resposta a um emaranhado de perguntas, eles apenas balançaram a cabeça e reafirmaram um fato vital.

Armitage disse:

— A coisa se foi para sempre; se dividiu naquilo que foi feita originalmente, e nunca mais poderá existir novamente. Era uma impossibilidade em um mundo normal. Apenas a menor fração era realmente matéria em qualquer sentido que conhecemos. Era como seu pai, e a maior parte dele voltasse para ele em algum reino vago ou dimensão fora de nosso universo material; algum vago abismo do qual apenas os mais amaldiçoados ritos de blasfêmia humana poderiam tê-lo chamado por um momento nas colinas.

Houve um breve silêncio, e nessa pausa os sentidos dispersos do pobre Curtis Whateley começaram a se entrelaçar numa espécie de continuidade; de modo que levou as mãos à cabeça com um gemido. A memória pareceu recomeçar de onde havia parado, e o horror da visão que o havia prostrado irrompeu sobre ele novamente. Curtis Whateley disse:

— Oh, oh, meu Deus, aquele meio rosto... aquele meio rosto em cima daquela coisa... aquela cara de olhos vermelhos e cabelo albino crespo, e sem queixo, como os Whateley... um polvo, uma centopeia, uma espécie de aranha, mas havia um rosto de homem em forma de meio rosto em cima, e parecia o do feiticeiro Whateley, só que tinha metros e metros de largura...

Ele parou exausto, enquanto todo o grupo de nativos olhava em uma perplexidade não totalmente cristalizada em um novo terror. Apenas o velho Zebulon Whateley, que vagamente se lembrava de coisas antigas, mas que até então ficara em silêncio, falou em voz alta:

— Quinze anos atrás, eu ouvi o Velho Whateley dizer que algum dia ouviríamos o filho de Lavínia chamando o nome de seu pai no topo da Colina Sentinela...

Mas Joe Osborn o interrompeu para questionar novamente os homens de Arkham:

— O que foi isso, afinal, e como o jovem bruxo Whateley chamou aquilo do espaço de onde veio?

Armitage escolheu as palavras com cuidado:

— Era principalmente um tipo de força que não pertence à nossa parte do espaço; um tipo de força que age, cresce e se molda por outras leis que não as de nosso tipo de natureza. Não devemos invocar tais criaturas, e apenas pessoas muito más e cultos muito perversos tentam fazê-lo. Havia um pouco disso no próprio Wilbur Whateley, o suficiente para fazer dele um demônio e um monstro precoce, e fazer de sua morte uma cena terrível. Eu vou queimar seu maldito diário, e se vocês forem sábios, vão dinamitar aquela pedra do altar lá em cima, e derrubar todos os anéis de pedras eretas nas outras colinas. Coisas assim trouxeram os seres que aqueles Whateley tanto gostavam, os seres que eles iriam deixar entrar em nosso espaço em forma tangível para acabar com a raça humana e arrastar a Terra para algum lugar sem nome por um propósito desconhecido. Mas quanto a essa coisa que acabamos de enviar de volta, os Whateley a criaram para um papel terrível nos feitos que estavam por vir. Ela cresceu rápido e grande pela mesma razão que Wilbur cresceu rápido e forte, mas o venceu porque tinha uma parcela maior de "estranheza" nele. Vocês não precisam perguntar como Wilbur o chamou do espaço. Ele não o chamou. Era seu irmão gêmeo, mas parecia mais com o pai do que ele.

A SOMBRA SOBRE INNSMOUTH (1931)

I.

Durante o inverno de 1927 para 1928, funcionários do governo federal fizeram uma investigação estranha e secreta de certas condições no antigo porto marítimo de Innsmouth[23], em Massachusetts. O público soube disso em fevereiro, quando foram realizadas batidas e numerosas prisões, seguidas da sistemática queima e detonação — realizada com as devidas precauções — de um grande número de casas em ruínas, podres e supostamente desabitadas que ficavam ao longo do bairro do cais abandonado. Pessoas pouco curiosas não davam atenção a este evento e, sem dúvida, o consideravam como mais um episódio na longa luta contra a bebida alcoólica.

Leitores mais ávidos dos jornais, no entanto, admiravam-se com o número prodigioso de prisões, a força anormalmente grande de homens usados para efetuá-las e o sigilo em torno da eliminação dos prisioneiros. Nenhum julgamento, ou mesmo acusações definitivas, foram relatados; nem nenhum dos cativos foi visto depois nas prisões regulares da nação. Houve declarações vagas sobre doenças e campos de concentração, e mais tarde sobre dispersão em várias prisões navais e militares, mas nada se confirmou. A própria Innsmouth foi deixada quase despovoada, e ainda agora está apenas começando a mostrar sinais de uma existência vagarosamente revivida.

As queixas de muitas organizações liberais foram recebidas com demoradas discussões confidenciais, os representantes dessas sociedades fizeram algumas viagens a certos campos e prisões. Como resultado, essas sociedades tornaram-se surpreendentemente passivas e reticentes. Os jornaleiros eram

---

23   Innsmouth é uma cidade fictícia criada por Lovecraft.

mais difíceis de administrar, mas pareciam cooperar amplamente com o governo no final. Apenas um jornal — um tabloide sempre desconsiderado por causa de sua política sensacionalista — mencionou o submarino de águas profundas que disparou torpedos em direção ao abismo marinho logo além do Recife do Diabo. Essa informação, colhida casualmente em uma taverna à beira-mar, parecia bastante fantasiosa, já que o recife, preto e plano, ficava a pelo menos uma milha e meia do porto de Innsmouth.

As pessoas em todo o país e nas cidades vizinhas murmuravam entre si, mas falavam muito pouco para as pessoas de fora. Eles falaram sobre a Innsmouth moribunda e meio deserta por quase um século, e nada de novo poderia ser mais selvagem ou mais hediondo do que o que eles haviam sussurrado e insinuado anos antes. Aconteceram coisas que os ensinaram a guardar segredo, então era inútil fazer pressão sobre eles. Além disso, eles realmente sabiam pouco, porque a presença de salinas extensas e desabitadas tornava muito difícil chegar a Innsmouth pelo continente, e os habitantes das cidades vizinhas se mantinham afastados.

Mas finalmente vou desafiar a proibição de falar sobre essa coisa. Os resultados, estou certo, são tão cabais, que nenhum dano público, exceto um choque de repulsa, poderia resultar de uma insinuação do que foi encontrado por aqueles invasores horrorizados em Innsmouth. Além disso, o que foi encontrado pode ter mais de uma explicação. Não sei quanto de toda a história foi contada até mesmo para mim, e tenho muitas razões para não querer investigar mais a fundo, pois meu contato com este caso foi mais próximo do que o de qualquer outro leigo, e carreguei impressões que ainda não me levaram a tomar medidas drásticas.

Fui eu quem fugiu freneticamente de Innsmouth nas primeiras horas da manhã de 16 de julho de 1927, e cujos temerosos apelos por investigação e ação do governo provocaram todo o episódio relatado. Eu estava disposto o suficiente para ficar calado enquanto o caso era recente e incerto; mas agora que se trata de uma história antiga, sem interesse e curiosidade do público, tenho um estranho desejo de sussurrar sobre aquelas poucas horas assustadoras naquele porto marítimo de morte e blasfêmia, mal rumores e sombras maléficas. A simples narração me ajuda a restaurar a confiança em minhas próprias faculdades; para me assegurar de que eu não era simplesmente o primeiro a sucumbir a uma alucinação de pavor contagiante. Também me ajuda a decidir sobre um certo passo terrível que me espera mais adiante.

Eu nunca tinha ouvido falar de Innsmouth até um dia antes de vê-la pela primeira vez e — até agora — última vez. Eu estava comemorando minha maioridade com uma excursão pela Nova Inglaterra — passeios turísticos, antiquários e genealógicos — e tinha planejado ir diretamente do antigo Newburyport para Arkham, de onde a família de minha mãe vinha. Eu não tinha carro, e estava viajando de trem, bonde e ônibus, sempre procurando o caminho mais barato possível. Em Newburyport eles me disseram que o trem a vapor era melhor opção para levar a Arkham; e foi só na bilheteria da estação, quando recusei a alta tarifa, que soube de Innsmouth. O agente corpulento e de rosto astuto, cujo discurso mostrava que não era um morador local, pareceu simpatizar com meus esforços de economia e fez uma sugestão que nenhum de meus outros informantes havia oferecido.

— Você poderia pegar aquele ônibus velho, acho — disse ele com certa hesitação —, mas não é muito usado por aqui. Ele passa por Innsmouth, você já deve ter ouvido falar, e por isso as pessoas não gostam dele. É administrado por um sujeito de Innsmouth, Joe Sargent, mas ele nunca pega nenhum passageiro daqui, nem de Arkham, eu acho. É surpreendente que continue funcionando. Acho que é barato o suficiente, mas nunca vejo mais de duas ou três pessoas nele, ninguém além daquele pessoal de Innsmouth. Sai da Praça, em frente à farmácia Hammond, às 10h e às 19h, a menos que tenham mudado de horário recentemente. Parece uma ratoeira pavorosa, nunca entrei nele.

Essa foi a primeira vez que ouvi falar da misteriosa Innsmouth. Qualquer referência a uma cidade não mostrada em mapas comuns ou listada em guias recentes teria me interessado, e a maneira alusiva do agente despertou algo como uma curiosidade real. Uma cidade capaz de inspirar tamanha antipatia em seus vizinhos, pensei, deve ser no mínimo bastante incomum e digna da atenção de um turista. Se viesse antes de Arkham, eu pararia lá — e então pedi ao agente que me dissesse algo sobre Innsmouth. Ele foi muito incisivo, e falou com um ar de quem sente uma ligeira superioridade ao que estava dizendo.

— Innsmouth? Bem, é um tipo estranho de vila na foz do Manuxet[24]. Costumava ser quase uma cidade, e um porto e tanto antes da guerra de 1812, mas tudo se desfez nos últimos cem anos. Nenhuma ferrovia passa por lá agora, a B. & M. nunca passou por lá, e o ramal de Rowley foi abandonado anos atrás.

"Deve haver mais casas vazias do que habitantes, e não há comércio ou indústria, exceto pesca e armadilhas. As pessoas preferem vir aqui ou a Arkham ou Ipswich para fazer seus negócios. Anos atrás havia algumas fábricas, mas agora não resta nada além de uma refinaria de ouro que também passa longos períodos sem funcionar.

---

24 Manuxet é um rio imaginário criado por Lovecraft.

"Aquela refinaria, no entanto, costumava ser um grande negócio, e o velho Marsh, o dono, devia ser mais rico que Croesus[25]. Velho esquisito, fica sempre trancado em sua casa. Ele deve ter desenvolvido alguma doença de pele ou deformidade no final da vida que o fez ficar fora de vista. Ele era neto do capitão Obed Marsh, que fundou o negócio. Sua mãe parece ter sido uma espécie de estrangeira, dizem que uma insulana do Mar do Sul, pois houve muitos boatos quando ele se casou com uma garota de Ipswich, cinquenta anos atrás. Eles sempre fazem isso com as pessoas de Innsmouth, e as pessoas aqui sempre tentam encobrir qualquer sangue de Innsmouth que possam ter. Mas os filhos e netos de Marsh se parecem com qualquer outra pessoa. Já me apontaram eles por esses lados, mas os filhos mais velhos não têm andado muito por aqui nos últimos tempos. O velho eu nunca vi.

"E por que todo mundo está tão deprimido em Innsmouth? Bem, meu jovem, você não deve dar muita importância ao que as pessoas por aqui dizem, é difícil para eles começarem, mas assim que pronunciam uma ou duas palavras seguidas, não param mais. Eles andam contando coisas sobre Innsmouth, sussurrando, principalmente, nos últimos cem anos, eu acho, e deduzo que estejam mais assustados do que qualquer outra coisa. Algumas das histórias fariam você rir; sobre o velho capitão Marsh negociando com o diabo e trazendo demônios do inferno para morar em Innsmouth, ou sobre algum tipo de adoração ao diabo e sacrifícios terríveis em algum lugar perto do cais em que as pessoas tropeçavam por volta de 1845 ou por aí; mas eu venho de Panton, Vermont, e esse tipo de história não combina comigo.

"Você deveria ouvir, no entanto, o que alguns dos veteranos dizem sobre o recife negro na costa, o Recife do Diabo, como eles chamam. Muitas vezes está acima das ondas, e em outras aparece na superfície da água, mas nem se pode dizer que é uma ilha. A história é que há toda uma legião de diabos vistos às vezes naquele recife, esparramados ou entrando e saindo de algum tipo de caverna perto do topo. É uma coisa áspera e irregular, a pouco mais de um quilômetro e meio de distância, e no final dos dias de embarque os marinheiros costumavam fazer grandes desvios apenas para evitá-lo.

"Isto é, marinheiros que não vieram de Innsmouth. Uma das coisas que eles tinham contra o velho capitão Marsh era que ele deveria atracar ali algumas vezes à noite, quando a maré estava boa. Talvez sim, pois ouso dizer que a formação rochosa era interessante, e é quase impossível que ele estivesse procurando por saques de piratas; mas o que disseram é que ele

---

25   O Rei Lydian, Croesus, foi o rei mais rico do mundo. Governou o reino da Lídia.

negociava com os demônios lá. O fato é que, no geral, foi realmente o capitão que deu a má reputação ao recife.

"Isso foi antes da grande epidemia de 1846, quando mais da metade das pessoas em Innsmouth foi levada. Eles nunca descobriram qual era o problema, mas provavelmente era algum tipo de doença estrangeira trazida da China ou de algum lugar, por mar. Com certeza foi ruim o suficiente, houve tumultos por causa disso, e todos os tipos de coisas horríveis que acredito que nunca aconteceram fora da cidade — e deixou o lugar em péssimo estado. Nunca se recuperaram; não deve haver mais de 300 ou 400 pessoas morando lá agora.

"Mas a coisa real por trás da maneira como as pessoas se sentem é simplesmente o preconceito racial, e eu não digo que estou culpando aqueles que o mantêm. Eu mesmo odeio aquele pessoal de Innsmouth, e não gostaria de ir à cidade deles. Imagino que você saiba, embora eu possa ver que você é um ocidental por sua conversa, o que nossos navios da Nova Inglaterra costumavam negociar com portos estranhos na África, Ásia, Mares do Sul e em qualquer outro lugar, e que tipos estranhos de pessoas que às vezes traziam de volta com eles. Você provavelmente já ouviu falar sobre o homem de Salem que voltou para casa com uma esposa chinesa, e também deve saber que ainda há um grupo de gente das ilhas Fiji em Cape Cod.

"Bem, deve haver algo assim por trás do pessoal de Innsmouth. O lugar sempre foi muito isolado do resto do país por pântanos e riachos, e não podemos ter certeza sobre os detalhes do assunto; mas está bem claro que o velho capitão Marsh deve ter trazido para casa alguns espécimes estranhos quando tinha seus três navios em operação nos anos 20 e 30. Certamente há um tipo estranho de tendência no pessoal de Innsmouth hoje, não sei como explicar, mas parece que faz você se arrepiar. Você notará um pouco em Sargent se pegar o ônibus dele. Alguns deles têm cabeças estranhas e estreitas com narizes chatos e olhos esbugalhados e fixos que parecem nunca se fechar, e a pele deles não é muito boa; áspera e cheia de crostas, e os seus pescoços são todos enrugados ou pregueados. Ficam carecas muito jovens. Os mais velhos são os mais feios. Bem, na verdade acho que nunca vi pessoas tão velhas. Acho que eles vão morrer se olharem no espelho! Os animais não gostam deles. Eles costumavam ter muitos problemas com cavalos, antes do automóvel aparecer.

"Ninguém por aqui, nem Arkham ou Ipswich, quer ter nada a ver com eles; são um pouco retraídos quando chegam à cidade ou quando alguém tenta pescar em suas terras. É estranho como os peixes se amontoam perto do porto de Innsmouth quando não são vistos em nenhuma outra parte em volta, mas tente pescar lá você mesmo e veja como as pessoas o perseguem! Essas pessoas costumavam vir aqui pela ferrovia, caminhando e pegando o trem em Rowley depois que o ramal foi derrubado, mas agora eles usam aquele ônibus.

"Sim, há um hotel em Innsmouth chamado Gilman House, mas não acredito que seja lá essas coisas. Eu não arriscaria se fosse você. Melhor ficar aqui e pegar o ônibus das dez horas amanhã de manhã; então você pode pegar um ônibus noturno para Arkham às oito horas. Houve um inspetor de fábrica que parou no Gilman há alguns anos, e ele tinha muitas dicas desagradáveis sobre o lugar. Parece que tinha um pessoal estranho lá, pois esse sujeito ouviu vozes em outros quartos, embora a maioria deles estivesse vazio, e isso lhe deu arrepios. Era uma língua estrangeira, pensou, mas disse que o ruim era o tipo de voz que às vezes falava. Parecia tão antinatural, como um suspiro, ele disse, e não ousou se despir e dormir. Apenas esperou acordado e fugiu às pressas assim que amanheceu. A conversa durou quase toda a noite.

"Esse sujeito, Casey, tinha muito a dizer sobre como o pessoal de Innsmouth o observava, pareciam policiais o observando. Ele achou a refinaria Marsh um lugar esquisito, fica em um velho moinho nas cachoeiras mais baixas do Manuxet. O que disse correspondia ao que eu tinha ouvido. Livros em mau estado e nenhum relato claro de qualquer tipo de negócio. Sabe, sempre foi uma mistério de onde os Marsh conseguem o ouro que eles refinam. Eles nunca pareceram fazer muitas compras nessa linha, mas anos atrás enviaram uma enorme quantidade de lingotes.

"Costumava-se falar de um tipo estranho de joias estrangeiras que os marinheiros e homens da refinaria às vezes vendiam às escondidas, ou que era visto uma ou duas vezes em algumas mulheres Marsh. As pessoas permitiam que talvez o velho capitão Obed negociasse por elas em algum porto pagão, especialmente porque ele estava sempre encomendando pilhas de contas de vidro e bugigangas que os marinheiros costumavam comprar para o escambo com os nativos. Outros pensaram, e ainda pensam, que ele encontrou um antigo esconderijo de piratas no Recife do Diabo. Mas aqui está uma coisa engraçada: o velho capitão está morto há sessenta anos, e não saiu um navio de tamanho decente daquele lugar desde a Guerra Civil; mas mesmo assim os Marsh continuam comprando algumas dessas coisas para escambo com os nativos, principalmente vidro e bugigangas de borracha, conforme me disseram.

"A praga de 1846 deve ter levado o melhor da cidade. De qualquer forma, eles são um grupo duvidoso agora, e a família Marsh e os outros ricos são tão ruins quanto qualquer um. Como eu lhe disse, provavelmente não há mais de quatrocentas pessoas em toda a cidade, apesar de todas as ruas que dizem existir lá. Eu acho que eles são o que chamam de 'brancos esfarrapados' no Sul, sem lei e astutos, e cheios de atos secretos. Eles pescam muito peixe e lagosta e exportam de caminhão. Estranho como os peixes se amontoam logo ali e em nenhum outro lugar.

"Ninguém consegue manter o regristro dessas pessoas, e os funcionários das escolas estaduais e os homens do censo têm um mau bocado. Você pode apostar que estranhos intrometidos não são bem-vindos em Innsmouth. Eu ouvi, pessoalmente, que mais de um empresário ou agente do governo desapareceu por lá, e há boatos de um que enlouqueceu e está em Danvers agora. Eles deram um susto tremendo naquele pobre homem.

"É por isso que eu não iria à noite, se fosse você. Eu nunca estive lá e não tenho vontade de ir, mas acho que uma viagem diurna não faria mal, mesmo que as pessoas por aqui o aconselhem a não ir. Se está apenas passeando e procurando por coisas antigas, Innsmouth deve ser um lugar e tanto para você."

E então passei parte daquela noite na Biblioteca Pública de Newburyport pesquisando dados sobre Innsmouth. Quando tentei interrogar os nativos nas lojas, no refeitório, nas garagens e no corpo de bombeiros, achei ainda mais difícil conseguir alguma coisa com eles do que o bilheteiro havia previsto; e percebi que não podia perder tempo tentando superar suas primeiras reticências instintivas. Eles tinham uma espécie de desconfiança obscura, como se houvesse algo de errado com qualquer pessoa interessada demais em Innsmouth. No Y.M.C.A.[26], onde me alojei, o funcionário apenas desencorajou minha ida a um lugar tão lúgubre e decadente; e as pessoas na biblioteca mostraram a mesma atitude. Claramente, aos olhos dos instruídos, Innsmouth era apenas um caso exagerado de degeneração cívica.

As histórias do condado de Essex nas prateleiras da biblioteca tinham bem pouco a dizer, exceto que a cidade foi fundada em 1643, conhecida pela construção naval antes da Revolução, uma local de grande prosperidade marítima no início do século XIX e, mais tarde, um pequeno centro fabril usando o Manuxet como fonte de energia. A epidemia e os tumultos de 1846 foram tratados de forma muito esparsa, como se fossem um descrédito para o condado.

As referências ao declínio eram poucas, embora o significado do registro posterior fosse inconfundível. Após a Guerra Civil, toda a vida industrial foi confinada à Marsh Refining Company, e a comercialização de lingotes de ouro representava o único comércio remanescente de grande relevância além da eterna pesca. Essa pesca pagava cada vez menos à medida que o preço da

---

26   Y.M.C.A. é uma sigla em inglês para Associação Cristã de Moços.

mercadoria caía e as grandes corporações ofereciam concorrência, mas nunca houve escassez de peixes ao redor do porto de Innsmouth. Estrangeiros raramente se instalavam lá, e havia algumas evidências discretamente veladas de que vários poloneses e portugueses haviam tentado, mas foram expulsos de uma maneira peculiarmente drástica.

O mais interessante de tudo foi uma referência às estranhas joias vagamente associadas a Innsmouth. Evidentemente, impressionara toda a região, pois havia menção de exemplares no museu da Universidade Miskatonic em Arkham e na sala de exibição da Sociedade Histórica de Newburyport. As descrições fragmentárias de tais joias eram simples e prosaicas, mas sugeriam para mim uma corrente subjacente de estranheza persistente. Algo nelas parecia tão estranho e provocativo que eu não conseguia tirá-las da minha mente, e apesar de ser relativamente tarde, resolvi ver a amostra local — aparentemente era um objeto grande de proporções estranhas, muito parecido com uma tiara.

A bibliotecária deu-me uma nota de apresentação para a curadora da sociedade, a srta. Anna Tilton, que morava perto; e, depois de uma breve explicação, aquela velha senhora teve a gentileza de me conduzir até o prédio fechado, pois ainda não era tão tarde. A coleção era realmente notável, mas no meu estado de espírito atual eu não tinha olhos para nada além do objeto bizarro que brilhava em um armário de canto sob as luzes elétricas.

Não foi preciso uma sensibilidade excessiva à beleza para me fazer literalmente perder o fôlego diante do estranho e sobrenatural esplendor da fantasia opulenta e alienígena que repousava ali sobre uma almofada de veludo roxo. Mesmo agora, mal posso descrever o que vi, embora fosse claramente uma espécie de tiara, como dizia a descrição. Sua parte frontal era muito alta, e seu contorno largo e curiosamente irregular, como se projetado para uma cabeça de contorno quase estranhamente elíptico. O material parecia ser predominantemente ouro, embora tivesse um estranho brilho que indicasse uma liga com outro metal de igual beleza e dificilmente identificável. Sua condição era quase perfeita, e alguém poderia passar horas estudando os desenhos admiráveis e incomuns — alguns apenas geométricos, outros claramente marinhos — gravados ou moldados em alto relevo na superfície com uma arte de incrível graça e maestria.

Quanto mais eu olhava, mais a coisa me fascinava; e nessa fascinação havia um elemento curiosamente perturbador que dificilmente poderia ser classificado ou explicado. A princípio, decidi que era a estranha e sobrenatural qualidade da arte que me inquietava. Todos os outros objetos de arte que eu já tinha visto pertenciam a alguma corrente racial ou nacional conhecida, ou então eram desafios conscientemente modernistas de todas as correntes reconhecidas. Essa tiara não se encaixava em nenhum dos casos. Claramente pertencia a alguma técnica de maturidade e perfeição infinitas, mas essa técnica era totalmente distante de qualquer outra — oriental ou ocidental, antiga ou moderna —, e eu nunca tinha visto ou ouvido falar de nada parecido. Era como se o acabamento fosse de outro planeta.

No entanto, logo percebi que minha inquietação tinha uma segunda fonte, talvez igualmente potente, residindo nas sugestões pictóricas e matemáticas dos estranhos desenhos. Todos os padrões sugeriam segredos remotos e abismos inimagináveis no tempo e no espaço, e a natureza monótona aquática dos relevos tornou-se quase sinistra. Entre esses relevos estavam fabulosos monstros de uma abominável malignidade — metade peixe e metade sapo — que não se podia dissociar de uma certa sensação assombrosa e desconfortável de pseudo-memória, como se evocassem alguma imagem de células e tecidos profundos cujas funções retentivas são totalmente primitivas e espantosamente ancestrais. Às vezes eu imaginava que cada contorno desses peixes-sapos blasfemos transbordava com a quintessência máxima do mal desconhecido e inumano.

Em estranho contraste com o aspecto da tiara estava sua história breve e sórdida, conforme relatada pela srta. Tilton. Ela havia sido penhorada por uma quantia ridícula em uma loja na State Street em 1873, por um homem bêbado de Innsmouth morto pouco tempo depois em uma briga. A Sociedade a adquirira diretamente do penhorista, dando-lhe imediatamente uma exibição digna de sua qualidade. Foi rotulada como de provável proveniência indiana oriental ou indochinesa, embora a atribuição fosse francamente provisória.

A srta. Tilton, comparando todas as hipóteses possíveis sobre sua origem e sua presença na Nova Inglaterra, estava inclinada a acreditar que fazia parte de algum tesouro de piratas descoberto pelo velho capitão Obed Marsh. Essa opinião certamente não foi enfraquecida pelas insistentes ofertas de compra a alto preço que os Marsh começaram a fazer assim que souberam de sua existência, e que repetiam até hoje, apesar da determinação invariável da Sociedade de não vendê-la.

Quando a boa senhora me levou para fora do prédio, ela deixou claro que a teoria pirata da fortuna de Marsh era popular entre as pessoas inteligentes da região. Ela nunca tinha estado em Innsmouth, mas não gostava de seus habitantes por causa de sua degeneração moral e cultural, e ela me garantiu que os rumores de adoração ao diabo eram parcialmente justificados por um culto secreto peculiar que havia ganhado força por lá e engoliu todas as igrejas ortodoxas.

Chamava-se, disse ela, "A Ordem Esotérica de Dagon", e era sem dúvida uma coisa degradada, quase pagã, importada do Oriente um século antes, numa época em que a pesca de Innsmouth parecia estar ficando estéril. Sua persistência entre um povo simples era bastante natural em vista do retorno repentino e permanente da pesca abundante, e logo passou a ser a maior influência na cidade, substituindo por completo a Maçonaria e assumindo sua sede principal na velha Loja Maçônica em New Church Green.

Tudo isso, para a piedosa srta. Tilton, constituía uma excelente razão para evitar a antiga cidade de decadência e desolação; mas para mim foi apenas um novo incentivo. Às minhas antecipações arquitetônicas e históricas se somava agora um agudo zelo antropológico, e eu mal consegui dormir direito em meu quartinho no Y.M.C.A. naquela noite.

II.

Pouco antes das dez horas, na manhã seguinte, eu estava com uma pequena mala na frente da farmácia Hammond, na antiga Market Square, esperando o ônibus para Innsmouth. À medida que a hora de sua chegada se aproximava, notei um deslocamento geral dos transeuntes para outros lugares da rua ou para o Ideal Lunch do outro lado da praça. Evidentemente, o bilheteiro não havia exagerado na antipatia que a população local nutria por Innsmouth e seus habitantes. Em alguns momentos, um pequeno ônibus de extrema decrepitude e cor cinza suja desceu a State Street, fez uma curva e parou no meio-fio ao meu lado. Senti imediatamente que era o certo; uma suposição que a placa meio ilegível no para-brisa — "Arkham-Innsmouth-Newburyport" — logo confirmou.

Havia apenas três passageiros – homens escuros, desgrenhados, de rosto taciturno e aparência um tanto jovem — e, quando o veículo parou, eles saíram desajeitadamente e começaram a subir a State Street de maneira silenciosa, quase furtiva. O motorista também desceu, e eu o observei enquanto ele entrava na farmácia para fazer alguma compra. Este, refleti, deve ser o Joe Sargent mencionado pelo bilheteiro; e mesmo antes que eu percebesse qualquer detalhe, espalhou-se sobre mim uma onda de aversão espontânea que não podia ser controlada nem explicada. De repente, pareceu-me muito natural que a população local não desejasse andar em um ônibus dirigido por esse homem, ou visitar com mais frequência do que possível o lugar de moradia de tal homem e seus parentes.

Quando o motorista saiu da loja, olhei para ele com mais atenção e tentei determinar a origem da minha má impressão. Ele era um homem magro, de ombros curvados, com pouco menos de um metro e oitenta de altura, vestido com roupas civis azuis surradas e um boné de golfe cinza puído. Sua idade era talvez trinta e cinco, mas os vincos estranhos e profundos nas laterais de seu pescoço o faziam parecer mais velho quando não se prestava atenção em seu rosto estúpido e inexpressivo. Ele tinha uma cabeça estreita, olhos azuis lacrimejantes e salientes que pareciam nunca piscar, nariz achatado, testa e queixo recuados e orelhas singularmente subdesenvolvidas. Seus lábios longos e grossos e as bochechas acinzentadas de poros grossos pareciam quase imberbes, exceto por alguns fios amarelos esparsos que se espalhavam e se enrolavam em tufos irregulares; e, em alguns lugares, a superfície parecia estranhamente irregular, como se estivesse descascando devido a alguma doença cutânea. Suas mãos eram grandes e cheias de veias, e tinham um tom azul-acinzentado muito incomum. Os dedos eram surpreendentemente curtos em proporção ao resto da estrutura e pareciam ter uma tendência a se enrolar na palma enorme. Enquanto ele caminhava em direção ao ônibus, observei seu andar peculiarmente cambaleante e vi que seus pés eram excessivamente imensos. Quanto mais eu os estudava, mais eu me perguntava como ele poderia comprar sapatos que coubessem neles.

Uma certa oleosidade no sujeito aumentou minha antipatia. Ele evidentemente era dado a trabalhar ou descansar ao redor das docas de peixes, e carregava consigo muito de seu cheiro característico. Exatamente que tipo de sangue estrangeiro havia nele, eu não conseguia nem adivinhar. Suas esquisitices certamente não pareciam asiáticas, polinésias, levantinas ou negroides, mas eu podia ver por que as pessoas o achavam estranho. Eu mesmo teria pensado em degeneração biológica em vez de uma característica racial.

Lamentei quando vi que não haveria outros passageiros no ônibus. De alguma forma, não gostei da ideia de andar sozinho com esse motorista. Mas como a hora da partida obviamente se aproximava, conquistei meus escrúpulos e segui o homem a bordo, estendendo-lhe uma nota de um dólar e murmurando a única palavra "Innsmouth". Ele olhou para mim com curiosidade por um segundo, enquanto devolvia quarenta centavos de troco sem falar. Sentei-me bem longe dele, mas do mesmo lado do ônibus, pois desejava observar a costa durante a viagem.

Por fim, o veículo decrépito deu partida com um solavanco e passou ruidosamente pelos velhos prédios de tijolos da State Street em meio a uma nuvem de vapor do escapamento. Olhando para as pessoas nas calçadas, pensei ter detectado nelas um curioso desejo de evitar olhar para o ônibus — ou pelo menos um desejo de evitar parecer olhar para ele. Depois viramos à esquerda na High Street, onde o caminho era mais suave; passando por imponentes mansões antigas do início da república e casas de fazenda coloniais ainda mais antigas, passando pelo Lower Green e pelo rio Parker, e finalmente emergindo em um longo e monótono trecho de terra aberta.

O dia estava quente e ensolarado, mas a paisagem de areia, juncos e arbustos atrofiados tornava-se cada vez mais desolada à medida que avançávamos. Pela janela eu podia ver a água azul e a linha de areia da Ilha Plum, e logo nos aproximamos da praia quando nossa estrada estreita saiu da rodovia principal para Rowley e Ipswich. Não havia casas visíveis, e eu poderia dizer pelo estado da estrada que o tráfego era muito leve por aqui. Os pequenos postes telefônicos gastos pelo tempo tinham apenas dois fios. De vez em quando atravessávamos pontes toscas de madeira sobre riachos de maré que serpenteavam para o interior e promoviam o isolamento geral da região.

De vez em quando, eu notava tocos mortos e muros de alicerces em ruínas sobre as dunas, e me lembrava da velha tradição citada em uma das histórias que eu havia lido, de que aquele já foi um campo fértil e densamente povoado. A mudança, dizia-se, veio simultaneamente com a epidemia de 1846 em Innsmouth, e foi considerada por pessoas simples como tendo uma conexão sombria com forças ocultas do mal. Na verdade, foi causado pelo corte imprudente de matas próximas à costa, que roubou do solo a sua melhor proteção e abriu caminho para as ondas de areia levadas pelo vento.

Por fim, perdemos a Ilha Plum de vista e vimos a vasta extensão do Atlântico aberto à nossa esquerda. Nosso caminho estreito começou a subir abruptamente, e senti uma sensação singular de inquietação ao olhar para a crista solitária à frente, onde a estrada esburacada encontrava o céu. Era como se o ônibus estivesse prestes a continuar sua subida, deixando completamente a terra sã e fundindo-se com os arcanos desconhecidos do ar superior e do céu enigmático. O cheiro do mar assumiu implicações sinistras, e as costas curvadas e rígidas e a cabeça estreita do motorista silencioso tornaram-se cada vez mais odiosas. Quando olhei para ele, vi que a parte de trás de sua cabeça era quase tão sem pelos quanto seu rosto, tendo apenas alguns fios amarelos esparsos sobre uma superfície cinzenta e escabrosa.

Então chegamos ao cume e avistamos o vale estendido além, onde o Manuxet se junta ao mar ao norte da longa linha de penhascos que culmina em Kingsport Head e se desvia para Cape Ann. No horizonte distante e enevoado, eu mal consegui distinguir o recorte abismal do promontório, coroado pela curiosa casa antiga da qual me haviam contado tantas lendas; mas, no momento, toda a minha atenção foi capturada pelo panorama mais próximo logo abaixo de mim. Eu percebi que estava cara a cara com a famosa e sombria Innsmouth.

Era uma cidade de grande extensão e construção densa, mas com uma escassez portentosa de vida visível. Do emaranhado de chaminés mal saía um fio de fumaça, e as três torres altas assomavam austeras e sem pintura contra o horizonte em direção ao mar. Uma delas estava desmoronando no topo, e na outra havia apenas buracos negros onde deveriam estar os mostradores do relógio. O vasto amontoado de telhados arqueados e empenas pontiagudas transmitia com clareza ofensiva a ideia de decadência corroída, e, quando nos aproximamos pela estrada agora descendente, pude ver que muitos telhados haviam desmoronado completamente. Existia também algumas casas grandes e quadradas, em estilo georgiano, com telhados pontiagudos, cúpulas e mirantes gradeados. A maioria ficava longe da água, e uma ou duas pareciam estar em condições razoáveis. Estendendo-se para o interior, por entre elas, podia-se avistar os trilhos enferrujados e cobertos de mato da ferrovia abandonada, com os postes de telégrafo inclinados já sem fios e o traçado meio oculto das antigas estradas de carruagem para Rowley e Ipswich.

A decadência era pior perto da orla, embora bem no meio eu pudesse avistar o campanário branco de uma estrutura de tijolos muito bem preservada que parecia uma pequena fábrica. O porto, há muito entupido de areia, era cercado por um antigo quebra-mar de pedra, no qual pude começar a discernir as formas diminutas de alguns pescadores sentados, e em cuja extremidade estavam o que pareciam ser as fundações de um farol desmoronado. Uma faixa de areia havia se formado no porto, e sobre ela vi algumas cabanas decrépitas, botes atracados e armadilhas para lagosta espalhados. O único trecho de água profunda parecia ser onde o rio passava pela estrutura do campanário e virava para o sul, desaguando no oceano além do cais.

Aqui e ali as ruínas do cais se projetavam da costa para terminar em uma podridão indeterminada, as direcionadas mais ao sul parecendo as mais decadentes. E lá longe no mar, apesar da maré alta, vislumbrei uma longa linha preta que mal se elevava acima da água, mas carregava uma sugestão de estranha malignidade latente. Aquilo, eu imaginava, devia ser o Recife do Diabo. Enquanto eu olhava, tive a surpreendente sensação de que estavam acenando para mim, o que me causou um desconforto imenso.

Não encontramos ninguém na estrada, mas logo começamos a passar por fazendas desertas em vários estágios de ruína. Então notei algumas casas habitadas com trapos enfiados nas janelas quebradas e conchas e peixes mortos espalhados pelos quintais cheios de lixo. Uma ou duas vezes vi pessoas de aparência apática trabalhando em jardins estéreis ou cavando mariscos na praia, e grupos de crianças sujas, com cara de símio, brincando em torno de portas cobertas de ervas daninhas. De alguma forma, essas pessoas pareciam mais inquietantes do que os prédios sombrios, pois quase todos tinham certas peculiaridades de feições e movimentos que eu instintivamente detestava sem ser capaz de defini-los ou compreendê-los. Por um segundo pensei que esse físico típico sugeria alguma imagem que eu tinha visto, talvez em um livro, em circunstâncias de particular horror ou melancolia; mas essa paramnésia passou muito rapidamente.

Quando o ônibus atingiu um nível mais baixo, comecei a perceber o tom constante de uma cachoeira através da quietude não natural. As casas inclinadas e sem pintura tornaram-se mais espessas, alinhadas em ambos os lados da estrada, e exibiam mais tendências urbanas do que aquelas que estávamos deixando para trás. O panorama à frente havia se reduzido a uma cena de rua e, em alguns pontos, pude ver onde antes havia um pavimento de paralelepípedos e trechos de calçada de tijolos. Todas as casas estavam aparentemente desertas, e havia brechas ocasionais onde chaminés desmoronadas e paredes de porões em ruínas assinalavam o colapso das antigas construções. Permeando tudo estava o mais nauseante odor de peixe imaginável.

Logo as ruas e cruzamentos começaram a aparecer; os da esquerda conduziam à regiões litorâneas de miséria e decadência não pavimentadas, enquanto os da direita mostravam visões de grandiosidade perdida. Até agora eu não tinha visto ninguém na cidade, mas finalmente havia alguns sinais de vida — janelas com cortinas aqui e ali, e um ocasional automóvel avariado no meio-fio. O pavimento e as calçadas estavam cada vez mais bem definidos e, embora a maioria das casas fosse bastante antiga — estruturas de madeira e tijolo do início do século XIX — estavam ainda em bom estado de conservação. Como um antiquário amador, quase perdi meu desgosto olfativo e meu sentimento de ameaça e repulsa em meio a essa rica e inalterada sobrevivência do passado.

Mas eu não chegaria ao meu destino sem receber outro choque pungentemente desagradável. O ônibus havia parado em uma espécie de praça ladeada por duas igrejas, e eu estava olhando para um grande saguão de pilares no cruzamento à direita à frente. A antiga pintura branca da estrutura estava cinza e descascada, e a placa preta e dourada no frontão estava tão desbotada que eu só conseguia distinguir com dificuldade as palavras "Ordem Esotérica de Dagon". Era esta, então, a antiga Loja Maçônica agora entregue a um culto degradado.

Enquanto me esforçava para decifrar essa inscrição, minha atenção foi atraída pelos sons estridentes de um sino quebrado do outro lado da rua, e rapidamente me virei para olhar pela janela do meu lado do ônibus.

O som vinha de uma igreja de pedra com torres atarracadas, de data evidentemente posterior à maioria das casas, construída em um estilo gótico desajeitado e com um porão desproporcionalmente alto com janelas fechadas. Embora os ponteiros do relógio estivessem escondidos no lado que eu vislumbrava, eu sabia que aquelas batidas roucas indicavam as onze horas. Então, de repente, todos os pensamentos sobre o tempo foram apagados por uma imagem impetuosa de intensidade aguda e horror inexplicável que me tomou antes que eu soubesse o que realmente era. A porta do porão da igreja estava aberta, revelando um retângulo de escuridão no interior. Enquanto eu olhava, um certo objeto cruzou, ou pareceu cruzar, aquele retângulo escuro, fazendo meu cérebro arder com a imagem instantânea de um pesadelo que era ainda mais alucinante, porque, à luz de uma análise, não lhe restaria a menor característica de pesadelo.

Era um objeto vivo — o primeiro, exceto o motorista que eu tinha visto desde que entrara na parte urbana da cidade — e, se eu estivesse com um humor mais estável, não teria encontrado nada de terror nele. Claramente, como percebi um momento depois, era o pastor; vestido com algumas vestimentas peculiares, sem dúvida introduzidas desde que a Ordem de Dagon modificou o ritual das igrejas locais. A coisa que provavelmente captou meu primeiro olhar subconsciente e forneceu o toque de horror bizarro foi a tiara alta que ele usava; uma duplicata quase exata da que a srta. Tilton me mostrara na noite anterior. Isso, agindo em minha imaginação, havia fornecido qualidades sinistras ao rosto indeterminado e à forma cambaleante e vestida sob ele. Não havia, logo decidi, nenhuma razão pela qual eu devesse ter sentido aquele toque trêmulo de paramnésia maligna. Não era natural que um culto local misterioso adotasse, entre suas doutrinas, um estilo único de adereços, familiar à comunidade de alguma maneira estranha — talvez como um tesouro?

Uma pequena quantidade de pessoas jovens de aparência repulsiva agora se tornava visível nas calçadas — indivíduos solitários e grupos silenciosos de dois ou três. Os andares inferiores das casas em ruínas às vezes abrigavam pequenas lojas com letreiros sujos, e notei um ou dois caminhões estacionados enquanto avançávamos sacolejando. O som das cachoeiras tornou-se cada vez mais nítido, e logo avistei um desfiladeiro bastante profundo à frente, atravessado por uma larga ponte rodoviária com trilhos de ferro, além da qual se abria uma grande praça. Ao passarmos pela ponte, olhei para os dois lados e observei alguns prédios de fábricas na beira do penhasco gramado ou no meio do caminho. A água lá embaixo era muito abundante, e eu podia ver dois conjuntos vigorosos de cachoeiras à minha direita e pelo menos uma à minha esquerda. A partir deste ponto, o barulho era ensurdecedor.

Fiquei feliz em sair daquele ônibus e imediatamente fui despachar minha mala no saguão do hotel. Havia apenas uma pessoa à vista — um homem idoso a quem faltava o que eu passei a chamar de "semblante de Innsmouth" — e decidi não lhe fazer nenhuma das perguntas que me incomodavam; lembrando que coisas estranhas haviam sido notadas neste hotel. Em vez disso, caminhei pela praça, de onde o ônibus já havia saído, e estudei a cena com minuciosa atenção.

Um lado do espaço aberto de paralelepípedos era a linha reta do rio; o outro era um semicírculo de prédios de tijolos com telhados inclinados do período dos anos 1800, de onde várias ruas se irradiavam para sudeste, sul e sudoeste. As lâmpadas eram deprimentemente poucas e pequenas — todas incandescentes de baixa potência — e eu estava feliz que meus planos pediam para partir antes do anoitecer, mesmo sabendo que a lua estaria brilhante. Os prédios estavam todos em boas condições e incluíam talvez uma dúzia de lojas em operação; dos quais uma era uma mercearia da rede First National, um restaurante lúgubre, uma drogaria e uma loja de atacado de peixe, e ainda, na extremidade leste da praça perto do rio, um escritório da única indústria da cidade — a Marsh Refining Company. Havia talvez dez pessoas visíveis, e quatro ou cinco automóveis e caminhões estavam espalhados. Não precisei que me dissessem que aquele era o centro cívico de Innsmouth. A leste, pude vislumbrar o azul do porto, contra o qual se erguiam os restos decadentes de três outrora belos campanários georgianos. E em direção à margem oposta do rio vi o campanário branco enguendo-se sobre o que julguei ser a refinaria Marsh.

Por algum motivo, optei por fazer minhas primeiras consultas na rede de supermercados, cujo pessoal provavelmente não era nativo de Innsmouth. Encontrei no atendimento um garoto solitário, de cerca de dezessete anos, e fiquei satisfeito ao notar o brilho e a afabilidade que prometia uma riqueza de informações. Ele parecia excepcionalmente ansioso para falar, e logo percebi que ele não gostava do lugar, de seu cheiro de peixe, ou de seu povo furtivo. Uma palavra com qualquer estranho era um alívio para ele. Ele veio de Arkham, alojou-se com uma família que veio de Ipswich e voltava para casa sempre que tinha um momento de folga. Sua família não gostava que trabalhasse em Innsmouth, mas a rede o transferiu para lá e ele não queria largar o emprego.

Não havia, disse ele, nenhuma biblioteca pública ou câmara de comércio em Innsmouth, mas eu provavelmente conseguiria me virar por aí. A rua por onde desci era a Federal. A oeste ficavam as belas e antigas ruas residenciais — Broad, Washington, Lafayette e Adams — e a leste ficavam as favelas à beira-mar. Era nessas favelas — ao longo da Main Street — que eu encontraria as antigas igrejas georgianas, mas todas elas estavam abandonadas há muito tempo. Seria bom não chamar a atenção em tais bairros — especialmente ao norte do rio — já que as pessoas eram mal-humoradas e hostis. Alguns estranhos haviam até desaparecido.

Certos lugares eram território quase proibido, como ele havia aprendido a um custo considerável. Não se deve, por exemplo, demorar-se muito em torno da refinaria Marsh, ou em torno de qualquer uma das igrejas ainda ativas, ou em torno da Ordem de Dagon Hall em New Church Green. Essas igrejas eram muito estranhas — todas violentamente repudiadas por suas respectivas denominações em outros lugares, e aparentemente usando o mais estranho tipo de cerimoniais e vestimentas clericais. Seus credos eram heterodoxos e misteriosos, envolvendo indícios de certas transformações maravilhosas que levam à imortalidade física, de certa forma, nesta Terra. O próprio pastor do jovem — Dr. Wallace da Igreja Metodista Episcopal Asbury em Arkham — insistiu seriamente para que ele não se filiasse a nenhuma igreja em Innsmouth.

Quanto ao povo de Innsmouth, os jovens mal sabiam o que fazer com eles. Eram tão furtivos e raramente vistos quanto os animais que vivem em tocas, e dificilmente se poderia imaginar como passavam o tempo longe de sua pesca inconstante. Talvez — a julgar pela quantidade de bebida ilegal que consumiam — eles passassem a maior parte do dia em um estupor alcoólico. Pareciam enturmados em um tipo de camaradagem e entendimento sombrios — desprezando o mundo como se tivessem acesso a outras esferas de entidade preferíveis. A aparência deles — especialmente aqueles olhos fixos e sem piscar e que jamais se viam fechados — certamente era bastante chocante; e suas vozes eram nojentas. Era horrível ouvi-los cantando em suas igrejas à noite, e especialmente durante seus principais festivais ou avivamentos, que aconteciam duas vezes por ano, em 30 de abril e 31 de outubro.

Gostavam muito da água e nadavam muito no rio e no porto. Competições de natação até o Recife do Diabo eram muito comuns, e todos à vista pareciam bem capazes de compartilhar esse árduo esporte. Quando se pensa nisso, geralmente eram apenas os mais jovens que eram vistos em público, e, desses, os mais velhos tendiam a ser os de aparência mais decadente. Quando ocorriam exceções, eram principalmente pessoas sem nenhum traço de aberração, como o velho funcionário do hotel. Era de se perguntar o que aconteceu com o maioria do povo mais velho, e se o "semblante de Innsmouth" não seria um estranho e insidioso fenômeno doentio que aumentou seus efeitos com o passar dos anos.

Apenas uma doença muito rara, é claro, poderia provocar mudanças anatômicas tão vastas e radicais em um único indivíduo após a maturidade — mudanças envolvendo fatores ósseos tão básicos quanto a forma do crânio, mas mesmo esse aspecto não era mais desconcertante e inédito do que as características visíveis da doença como um todo. Seria difícil, insinuou o jovem, tirar conclusões reais sobre tal assunto; já que nunca se conhecia os nativos pessoalmente, não importa quanto tempo se vivesse em Innsmouth.

O jovem disse estar convencido de que havia indivíduos mais nojentos do que os vistos na rua, mas que estavam trancados em determinados lugares. As pessoas às vezes ouviam os tipos mais estranhos de sons. Os barracos cambaleantes ao norte do rio eram supostamente conectados por túneis escondidos, sendo assim um verdadeiro labirinto de anormalidades invisíveis. Que tipo de sangue estrangeiro — se havia algum — esses seres tinham, era impossível dizer. Eles às vezes mantinham certos indivíduos especialmente repulsivos fora de vista quando agentes do governo e outros do mundo exterior vinham à cidade.

Não adiantaria, disse meu informante, perguntar qualquer coisa aos nativos sobre o lugar. O único que falava era um homem muito idoso, mas de aparência normal, que morava no asilo na margem norte da cidade e passava o tempo andando ou descansando ao redor do corpo de bombeiros. Esse personagem grisalho, Zadok Allen, tinha noventa e seis anos e era um pouco abalado da cabeça, além de ser o bêbado da cidade. Ele era uma criatura estranha e furtiva que constantemente olhava por cima do ombro como se tivesse medo de alguma coisa e, quando sóbrio, não conseguia ser persuadido a conversar com estranhos. Ele era, no entanto, incapaz de resistir a qualquer oferta de seu veneno favorito; e, uma vez bêbado, forneceria os fragmentos mais surpreendentes de reminiscências sussurradas.

Afinal, poucos dados úteis poderiam ser obtidos dele; já que suas histórias eram todas insanas, insinuações incompletas de maravilhas e horrores impossíveis que não poderiam ter nenhuma fonte a não ser em sua própria fantasia desordenada. Ninguém nunca acreditou nele, mas os nativos não gostavam que ele bebesse e conversasse com estranhos; e nem sempre era seguro ser visto questionando-o. Provavelmente foi dele que alguns dos mais loucos sussurros e ilusões populares vieram.

Vários residentes que vieram de outras localidades afirmaram ter visto cenas horríveis, mas entre as histórias do velho Zadok e os habitantes malformados, não era de admirar que tais ilusões fossem comuns. Nenhum dos estranhos que moravam na cidade ficava fora até tarde da noite, havendo uma impressão generalizada de que não era sensato fazê-lo. Além disso, as ruas ficavam horrivelmente escuras.

Quanto aos negócios, a abundância de peixes certamente era quase fantástica, mas os nativos tiravam cada vez menos vantagem disso. Além disso, os preços estavam caindo e a concorrência estava crescendo. É claro que o verdadeiro negócio da cidade era a refinaria, cujo escritório comercial ficava na praça, apenas algumas portas a leste de onde estávamos. O velho Marsh nunca foi visto, mas às vezes ia para as obras em um carro fechado com cortinas.

Havia todos os tipos de rumores sobre como Marsh tinha ficado. Ele já havia sido um grande dândi, e as pessoas diziam que ele ainda usava a sobrecasaca da era eduardiana[27], curiosamente adaptada a certas deformidades. Seus filhos haviam anteriormente conduzido o escritório na praça, mas ultimamente eles vinham mantendo um bom bocado fora de vista e deixando o peso dos negócios para a geração mais jovem. Tanto eles quanto suas irmãs haviam sofrido uma mudança muito estranha, especialmente as mais velhas, e diziam estar com a saúde muito precária.

Uma das filhas de Marsh era uma mulher repulsiva, de aparência reptiliana, que usava um excesso de joias estranhas claramente da mesma tradição exótica daquela a que pertencia a estranha tiara. Meu informante tinha notado isso muitas vezes, e tinha ouvido falar que vinha de algum tesouro secreto, seja de piratas ou de demônios. Os clérigos — ou sacerdotes, ou como se chamavam hoje em dia — também usavam esse tipo de ornamento como toucado; mas raramente se podia vislumbrá-los. Outros espécimes o jovem não tinha visto, embora houvesse rumores de que existiam em Innsmouth.

Os Marshes, junto com as outras três famílias abastadas da cidade — os Waits, os Gilmans e os Eliots — eram todos muito reservados. Eles moravam em imensas casas ao longo da Washington Street, e vários tinham a fama de abrigar em segredo certos parentes vivos cujo aspecto pessoal proibia a visão pública e cujas mortes haviam sido relatadas e registradas.

Avisando-me de que muitas das placas de rua estavam inoperantes, o jovem desenhou para mim um esboço tosco, mas amplo e meticuloso das características salientes da cidade. Depois de um momento de estudo, tive certeza de que seria de grande ajuda, e embolsei-o com muitos agradecimentos. Não gostando da miséria do único restaurante que eu tinha visto, comprei um suprimento

---

27   A era eduardiana corresponde ao período de 1901 a 1910 no Reino Unido, durante o reinado do rei Eduardo VII. Seu equivalente, na França, é a Belle Époque.

razoável de biscoitos de queijo e bolachas de gengibre para servir como almoço mais tarde. Meu programa, decidi, seria percorrer as ruas principais e conversar com qualquer não nativo até que pudesse encontrar e pegar o ônibus das oito para Arkham. A cidade, eu podia ver, formava um exemplo significativo e exagerado de decadência comunal; mas, não sendo sociólogo, limitaria minhas observações sérias ao campo da arquitetura.

Assim, comecei meu passeio sistemático, embora meio confuso, pelos caminhos estreitos e cheios de sombras de Innsmouth. Atravessando a ponte e virando em direção ao rugido das cachoeiras mais baixas, passei perto da refinaria Marsh, que parecia estranhamente livre do barulho da indústria. Este edifício ficava no penhasco íngreme do rio, perto de uma ponte e uma confluência aberta de ruas que considerei ser o primeiro centro cívico, deslocado após a Revolução para atual Praça da Cidade.

Voltando a cruzar o desfiladeiro na ponte da Main Street, atingi uma região de total deserção que de alguma forma me fez estremecer. Aglomerados de telhados de gambrel em colapso formavam um horizonte irregular e fantástico, acima do qual se erguia o campanário macabro e decapitado de uma antiga igreja. Algumas casas ao longo da Main Street eram alugadas, mas a maioria estava fechada com tábuas. Nas ruas laterais não pavimentadas, vi as janelas escuras e escancaradas de casebres desertos, muitos dos quais se inclinavam em ângulos perigosos e incríveis através do afundamento de parte das fundações. Aquelas janelas pareciam tão espectrais que foi preciso coragem para virar para o leste em direção ao mar. Certamente, o terror de uma casa deserta aumenta em progressão geométrica em vez de aritmética à medida que as casas se multiplicam para formar uma cidade de desolação total. A vista daquelas intermináveis avenidas de um suposto abandono e paralisia e a ideia de uma imensidão de recintos escuros entregues às teias de aranha, às memórias e ao verme conquistador, provocava pavores e repulsas residuais que a mais sólida filosofia seria incapaz de desfazer.

A Fish Street era tão deserta quanto a Main, embora diferisse por ter muitos armazéns de tijolo e pedra ainda em excelente estado. Water Street era quase sua duplicata, exceto que havia grandes aberturas em direção ao mar onde antes havia cais. Não vi uma coisa viva, exceto os pescadores dispersos no quebra-mar distante, e não ouvi nenhum som, exceto o marulhar das marés do porto e o rugido das cachoeiras no Manuxet. A cidade estava ficando cada vez mais nervosa, e olhei para trás furtivamente enquanto seguia pela ponte cambaleante da Water Street. A ponte da Fish Street, de acordo com o esboço, estava em ruínas.

Ao norte do rio havia vestígios de vida esquálida — casas de empacotamento de peixes ativas na Water Street, chaminés fumegantes e telhados remendados aqui e ali, sons ocasionais de fontes indeterminadas e formas infrequentes trôpegas nas ruas sombrias e vielas não pavimentadas —, mas eu parecia achar isso ainda mais opressivo do que a deserção do sul. Por um lado, as pessoas eram mais horríveis e anormais do que aquelas próximas ao centro da cidade; de modo que várias vezes me lembrei maliciosamente de algo absolutamente fantástico que eu não conseguia localizar. Sem dúvida, a estirpe alienígena no povo de Innsmouth era mais forte aqui do que no interior — a menos que, de fato, o "semblante de Innsmouth" fosse uma doença e não um traço sanguíneo, caso em que esse distrito poderia abrigar os casos mais avançados.

Um detalhe que me incomodou foi a distribuição dos poucos sons fracos que ouvi. Naturalmente eles deveriam ter vindo apenas das casas visivelmente habitadas, mas, na realidade, eram muitas vezes mais fortes dentro das fachadas vedadas de forma mais rígida. Ouviam-se rangidos, correrias e ruídos roucos e duvidosos; e pensei desconfortavelmente nos túneis escondidos sugeridos pelo rapaz da mercearia. De repente, me peguei imaginando como seriam as vozes daqueles habitantes. Eu não tinha ouvido nenhum discurso até agora e estava inexplicavelmente ansioso para não ouvir.

Tendo parado apenas o suficiente para observar duas velhas igrejas bonitas, mas em ruínas da Main Street e Church Street, apressei-me para sair daquela vil favela à beira-mar. Meu próximo objetivo lógico era New Church Green, mas de uma forma ou de outra eu não podia suportar passar novamente pela igreja em cujo porão eu tinha vislumbrado a forma inexplicavelmente assustadora daquele padre ou pastor com o estranho diadema. Além disso, o jovem da mercearia havia me dito que as igrejas, assim como a Casa da Ordem de Dagon, não eram lugares apropriados para estranhos.

Assim, continuei para o norte ao longo da Main até Martin, depois virando para o interior, atravessando a Federal Street em segurança ao norte do Green e entrando no decadente bairro aristocrático do norte das ruas Broad, Washington, Lafayette e Adams. Embora essas avenidas majestosas fossem mal pavimentadas e descuidadas, sua dignidade sombreada de olmo não havia desaparecido inteiramente. Mansão após mansão atraiu meu olhar, a maioria delas decrépita e fechada com tábuas em meio a terrenos negligenciados, mas uma ou duas em cada rua mostrando sinais de ocupação. Na Washington Street havia uma fileira de quatro ou cinco em excelente estado de conservação e com gramados e jardins bem cuidados. A mais suntuosa delas — com amplos canteiros em escada estendendo-se até a Lafayette Street — eu tomei como sendo a casa do velho Marsh, o proprietário da refinaria.

Em todas essas ruas não se via nenhum ser vivo, e fiquei admirado com a completa ausência de cães e gatos de Innsmouth. Outra coisa que me intrigou e perturbou, mesmo em algumas das mansões mais bem preservadas, foi a condição de venezianas bem fechadas de muitas janelas do terceiro andar e do sótão. Tudo parecia furtivo e secreto nessa cidade silenciosa de alienação e morte, e eu não conseguia escapar da sensação de ser observado por todos os lados por olhos astutos e fixos que nunca se fechavam.

Estremeci quando as badaladas estridentes de um campanário à minha esquerda deram três horas. Eu me lembrava muito bem da igreja atarracada de onde vinham aqueles sons. Seguindo pela Washington Street em direção ao rio, deparei-me agora com uma nova zona de antiga indústria e comércio. À minha frente estavam as ruínas de uma fábrica, outros prédios no mesmo estado e os restos de uma estação ferroviária. Mais além, a velha ponte ferroviária atravessava o desfiladeiro à direita de onde eu estava.

A ponte diante de mim estava sinalizada com um sinal de alerta, mas arrisquei e atravessei novamente para a margem sul, onde os vestígios de vida reapareceram. Criaturas furtivas e trôpegas olhavam enigmaticamente em minha direção, e mais rostos normais me olhavam fria e curiosamente. Innsmouth estava rapidamente se tornando intolerável, e desci a Paine Street em direção à Square na esperança de conseguir algum veículo que me levasse a Arkham antes do horário de partida ainda distante daquele sinistro ônibus.

Foi então que vi o quartel de bombeiros em ruínas à minha esquerda e notei o velho de rosto vermelho, barba espessa e olhos lacrimejantes em trapos indescritíveis que estava sentado em um banco conversando com um par de homens desleixados, mas não eram bombeiros de aparência anormal. Este, é claro, devia ser Zadok Allen, o nonagenário meio enlouquecido e alcoólico cujas histórias da velha Innsmouth e sua sombra eram tão horríveis e incríveis.

III.

Deve ter sido algum diabinho perverso — ou alguma atração sardônica de fontes ocultas — que me fez mudar meus planos. Há muito eu havia resolvido limitar minhas observações apenas à arquitetura, e já estava correndo em direção à praça em um esforço para conseguir um transporte rápido para fora desta cidade purulenta de morte e decadência; mas a visão do velho Zadok Allen criou novas correntes em minha mente e me fez diminuir o passo.

Foi-me assegurado que o velho não podia fazer nada além de sugerir lendas selvagens, desconexas e incríveis, e eu tinha sido avisado de que era perigoso ser visto conversando com ele; no entanto, o pensamento dessa velha testemunha da decadência da cidade, com memórias que remontam aos primórdios dos navios e das fábricas, era uma atração que nenhuma razão poderia me fazer resistir. Afinal, os mitos mais estranhos e loucos são muitas vezes meros símbolos baseados na verdade — e o velho Zadok deve ter visto tudo o que aconteceu em Innsmouth nos últimos noventa anos. A curiosidade irrompeu além do bom senso e da cautela e, em meu egoísmo juvenil, imaginei ser capaz de peneirar um núcleo de história real do derramamento confuso e extravagante que provavelmente extrairia com a ajuda de uísque puro.

Eu sabia que não poderia abordá-lo ali mesmo, pois os bombeiros certamente notariam e se oporiam. Pensei então que seria melhor me preparar comprando uma bebida clandestina em um lugar onde o garoto da mercearia me disse que era abundante. Então eu vagaria perto do corpo de bombeiros em aparente casualidade, e me encontraria com o velho Zadok depois que ele saísse para suas frequentes caminhadas. O jovem disse que ele era muito inquieto, raramente sentava na estação por mais de uma ou duas horas.

Uma garrafa de um litro de uísque era facilmente, embora não barata, obtida nos fundos de uma loja de variedades sombria perto da praça na Eliot Street. O sujeito de aparência suja que me atendeu tinha um toque do "semblante de Innsmouth", mas era bastante civilizado à sua maneira; talvez acostumado com estranhos — caminhoneiros, compradores de ouro e outros — que ocasionalmente apareciam na cidade.

Voltando à Praça vi que a sorte estava comigo; pois, saindo da Paine Street virando a esquina da Gilman House, vislumbrei nada menos do que a forma alta, magra e esfarrapada do próprio Zadok Allen. De acordo com meu plano, atraí sua atenção brandindo minha garrafa recém-adquirida; e logo percebi que ele tinha começado a se arrastar melancolicamente atrás de mim enquanto eu virava na Waite Street a caminho da região mais deserta que eu conseguia imaginar.

Eu estava orientando meu curso pelo mapa que o garoto da mercearia havia preparado e estava apontando para o trecho totalmente abandonado da orla sul que eu havia visitado anteriormente. As únicas pessoas à vista eram os pescadores no distante quebra-mar; e, indo alguns quadrados para o sul, eu poderia ultrapassar o alcance deles, encontrar um par de assentos em algum cais abandonado e questionar o velho Zadok sem ser observado por tempo indefinido. Antes de chegar à Main Street, ouvi um fraco e ofegante "Ei, senhor!" atrás de mim, e logo permiti que o velho me alcançasse e tomasse goles copiosos da garrafa.

Comecei a fazer perguntas hábeis para ele revelar algo que eu queria saber, enquanto caminhávamos pela Water Street. Então viramos para o sul em meio à desolação onipresente e às ruínas loucamente inclinadas, mas descobri que a língua envelhecida não afrouxou tão rapidamente quanto eu esperava. Por fim, vi uma abertura coberta de grama em direção ao mar entre paredes de tijolos em ruínas, com a extensão coberta de ervas daninhas de um cais de terra e alvenaria projetando-se além. Pilhas de pedras cobertas de musgo perto da água prometiam assentos toleráveis, e o lugar era protegido de olhares indiscretos, escondido por um píer em ruínas atrás de nós. Aqui, pensei, era o lugar ideal para um longo colóquio secreto; então guiei meu companheiro pela alameda e escolhi o lugar para me sentar entre as pedras cobertas de musgo. O ar de morte e deserção era macabro, e o cheiro de peixe quase insuportável; mas eu estava decidido a não deixar nada me deter.

Restavam cerca de quatro horas para conversar, se eu quisesse pegar o ônibus das oito horas para Arkham, e comecei a distribuir mais bebida para o velho bebedor; enquanto comia meu próprio almoço frugal. Em minhas doações, tive o cuidado de não ultrapassar a marca, pois não queria que a tagarelice etílica de Zadok passasse ao estupor. Depois de uma hora, sua taciturnidade furtiva mostrou sinais de desaparecimento, mas, para minha decepção, ele ainda desviou minhas perguntas sobre Innsmouth e seu passado assombrado. Ele balbuciava sobre temas atuais, revelando um amplo conhecimento de jornais e uma grande tendência a filosofar de modo sentenciosamente aldeão.

Perto do final da segunda hora, temi que meu litro de uísque não fosse suficiente para produzir resultados e me perguntava se seria melhor deixar o velho Zadok e voltar para buscar mais. Nesse momento, porém, o acaso abriu a abertura que minhas perguntas não conseguiram abrir; e a divagação do ancião ofegante deu uma guinada que me fez inclinar para a frente e ouvir atentamente. Minhas costas estavam voltadas para o mar com cheiro de peixe, mas ele estava de frente, e alguma coisa fez com que seu olhar errante pousasse na linha baixa e distante de Recife do Diabo, depois mostrando clara e quase fascinantemente acima das ondas. A visão pareceu desagradá-lo, pois ele começou a murmurar uma série de maldições que terminaram em um sussurro confidencial e um olhar malicioso. Ele se inclinou para mim, pegou a lapela do meu casaco e sussurrou algumas dicas que não podiam ser confundidas:

— Foi onde tudo começou — aquele lugar amaldiçoado onde as águas profundas começam. Portão do inferno — não há tubo, por mais comprido que seja, que chegue ao fundo. O velho capitão Obed fez isso — ele descobriu mais do que devia nas ilhas do Mar do Sul.

"Todo mundo estava mal naqueles dias. Comércio caindo, moinhos perdendo negócios — mesmo os novos — e o melhor de nossos homens foi morto na guerra de 1812 ou perdido com o brigue Elizy e a barca Ranger — ambos os negócios de Gilman. Obed Marsh tinha três navios à tona: o brigue Columby, o brigue Hetty e a barca Sumatry Queen. Ele era o único que mantinha o comércio com a Índias Orientais e o Pacífico, embora a escuna Malay Bride de Esdras Martin fizesse negócio até vinte e oito.

"Nunca houve ninguém como o capitão Obed — velho membro de Satanás! Heh heh! Eu gostaria que ele falasse sobre os estrangeiros, e chamasse todas as pessoas de idiotas para ir ao encontro cristão e carregar seus fardos mansos e humildes. Dizem que eles pediram deuses melhores como alguns do pessoal das Índias — deuses que trouxessem boa pescaria em troca de sacrifícios, e atendessem às orações das pessoas.

"Matt Eliot, seu primeiro companheiro, também falava muito, só que ele estava começando a fazer coisas pagãs. Falou sobre uma ilha a leste de Otaheite onde havia muitas ruínas de pedras velhas que ninguém sabia o que era, mais ou menos como aquelas em Ponape, nas Carolinas, mas com rostos esculpidos que pareciam as grandes estátuas da Ilha de Páscoa. Tinha uma pequena ilha vulcânica perto disso, também, onde havia outras ruínas com diferentes esculturas — ruínas completamente destruídas como se tivessem ficado no fundo do mar, e com imagens de monstros horríveis por toda parte.

"Bem, senhor, Matt costumava dizer que os nativos ao redor conseguiam todos os peixes, e usavam pulseiras, braceletes e equipamentos de cabeça feitos de um tipo estranho de ouro e cobertos com imagens de monstros brincando como os que foram esculpidos sobre as ruínas da pequena ilha — tipo sapos semelhantes a peixes ou peixes semelhantes a sapos, que foram desenhados em todos os tipos de posições como se fossem seres humanos. Ninguém sabia onde eles conseguiam todas as coisas, e todos os outros nativos se perguntavam como eles conseguiam encontrar peixes em abundância, mesmo quando as ilhas próximas tinham colheitas magras. Matt ficou surpreso, e o capitão Obed também. Obed percebeu, além disso, que muitos jovens bonitos desapareciam de vista de ano em ano, e que não tinha muitos velhos por lá. Além disso, ele acha que algumas das pessoas parecem muito estranhas mesmo para os Kanaks[28].

"Foi preciso Obed para descobrir a verdade sobre esses pagãos. Eu não sei como ele fez isso, mas ele começou negociando as coisas douradas que eles usavam. Perguntou de onde elas vieram, e se eles podiam conseguir mais, e finalmente arrancou a história do velho chefe — Walakea. Ninguém, a não ser Obed, jamais acreditou no velho demônio gritador, mas o capitão lia as pessoas como se fossem livros. Heh heh! Ninguém nunca acreditou em mim, e eu não acho que você vai, jovem rapaz — embora quando olho para você, percebo que você tem aqueles olhos de leitura aguçada como os Obeds tinham.

O sussurro do velho ficou mais fraco, e me peguei estremecendo com a terrível e sincera entonação da sua voz, mesmo sabendo que sua história não podia ser nada além de fantasia de um bêbado.

— Bem, senhor, Obed aprendeu que há coisas nesta terra que a maioria das pessoas nunca ouviu falar — e não acreditariam se ouvissem. Parece que esses Kanaks estavam sacrificando muitos de seus jovens e donzelas para algum tipo de coisa divina que vivia no fundo do mar, e recebendo todo tipo de favor em troca. Eles encontraram as coisas na pequena ilhota com as ruínas esquisitas, e parece que aquelas figuras monstruosas de peixe-sapo deveriam ser figuras dessas coisas. Talvez eles fossem o tipo de bicho que começou todas as histórias de sereias e tudo mais. Eles tinham todos os tipos de cidades no fundo do mar, e a própria ilha havia surgido das profundezas. Parece que quando a ilhota emergiu, ainda havia alguns desses seres vivos entre as ruínas, e os Kanaks perceberam que deve haver muitos mais no fundo do oceano. Foi assim que os Kanaks souberam que estavam lá. Foi assim que eles perderam o pavor, não demorou para arrumarem outras barganhas.

"Essas coisas gostavam de sacrifícios humanos. Já os tinha recebido há muito tempo, mas perderam o rastro do mundo superior uma vez. O que eles fizeram com as vítimas não me cabe dizer, e acho que Obed não foi muito afiado em perguntar. Mas estava tudo bem com os pagãos, porque eles estavam passando por um momento difícil e estavam desesperados com tudo. Eles davam um grande número de jovens às coisas do mar duas vezes por ano — véspera de primeiro de maio e Dia das Bruxas. Davam também algumas das bugigangas esculpidas que eles faziam. Eles concordaram em dar em troca muitos peixes — e algumas coisas parecidas com ouro.

---

28 Kanaks são os habitantes indígenas da Melanésia da Nova Caledônia, no território francês.

"Bem, como eu disse, os nativos encontraram as coisas na pequena ilha vulcânica — indo lá em canoas com os sacrifícios, e trazendo de volta o ouro. No início as coisas nunca iam para a ilha principal. Parece que eles ansiavam por se misturar com o pessoal, e fazer cerimônias nos grandes dias — véspera de primeiro de maio e Dia das Bruxas. Veja, eles eram capazes de viver tanto dentro como fora d'água — o que eles chamam de anfíbios, eu acho. Os Kanaks disseram a eles que as pessoas das outras ilhas podiam querer eliminá-los se soubessem de sua existência, mas eles diziam que não se importavam, porque eles podiam acabar com a raça humana caso se sentissem incomodados.

"Quando se tratava de lidar com os peixes que parecem sapos, os Kanaks hesitavam, mas finalmente aprenderam algo que deu uma nova cara ao assunto. Parece que os humanos têm uma espécie de relação com essas bestas aquáticas — que tudo o que vive já veio da água, e só precisa de uma pequena mudança para voltar. Aquelas coisas diziam aos Kanaks que se seu sangue fosse misturado, nasceriam crianças que pareceriam humanas a princípio, mas depois se pareceriam cada vez mais com eles, até que finalmente retornariam à água para se juntar aos enxames de seres que pululam delas. E esta é a parte importante, jovem rapaz —se eles se transformassem em peixes e entrassem na água nunca morreriam. Essas coisas nunca morreram, exceto se fossem mortas com violência.

"Bem, senhor, parece que quando Obed conheceu aqueles habitantes da ilha, eles estavam todos cheios de sangue de peixe daquelas coisas de águas profundas. Quando envelheceram e começaram a aparecer, não tiveram escolha a não ser se esconder até sentirem vontade de ir para o mar. Alguns eram mais ensinados do que outros, e alguns nunca mudavam o suficiente para entrar na água; mas principalmente eles se transformaram do jeito que as coisas diziam. Os que tinham nascido mais parecidos com as coisas mudavam logo, mas os que eram quase humanos ficavam na ilha até mais de setenta anos, embora geralmente fossem para o fundo em viagem de teste antes disso. As pessoas que costumavam ir para a água geralmente voltavam para visitar, então um homem podia conversar com seu próprio trisavô, que tinha deixado a Terra cerca de cem anos antes.

"Todo mundo desistia da ideia de morrer — exceto em guerras de canoa com os habitantes de outra ilha, ou em sacrifícios aos deuses do mar, ou por mordida de cobra ou praga ou alguma doença galopante — mas simplesmente procuravam um tipo de mudança que não era nem um pouco horrível depois de um tempo. Eles achavam que o que conseguiam valia pelo que tinham que entregar — e imagino que Obed tenha imaginado a mesma coisa quando pensou no que o velho Walakea lhe dissera. No entanto, Walakea era uma das poucas que não tinha sangue misturado em suas veias. Ela era da família real, e eles só se casaram com pessoas da família real de outras ilhas.

"Walakea mostrou a Obed muitos ritos e encantamentos que tinham a ver com as coisas do mar, e mostrou-lhe alguns homens que já estavam meio transformados, mas ela nunca permitiu que ele visse nenhum totalmente transformado. No final ele deu a ela um tipo engraçado de coisa feita de chumbo ou algo assim, que ele disse que era para trazer as coisas de peixe de qualquer lugar na água onde tivesse um ninho deles. A ideia era atirar a coisa para baixo com o tipo certo de reza e procurar. Walakea garantia que as coisas estavam espalhadas pelo mundo todo, e que quem procurasse podia encontrar uma ninhada delas.

"Matt não gostou nada desse negócio, e queria que Obed ficasse longe da ilha, mas o capitão estava ansioso para ganhar dinheiro, e achou esses objetos de ouro tão baratos que se tornaram sua especialidade. As coisas continuaram assim por anos, e Obed conseguiu o suficiente daquela coisa parecida com ouro para fazê-lo abrir a refinaria no velho moinho decadente de Waite. Ele não vendia as peças como eram, porque as pessoas ficavam o tempo todo fazendo perguntas. Mas às vezes um de seus tripulantes roubava uma peça ou duas e vendia por conta própria. Outras vezes, Obed permitia que as mulheres de sua família se enfeitassem com elas, como fazem todas as mulheres do mundo.

"Bem, por volta de 1838, quando eu tinha sete anos... Obed descobriu que o povo da ilha tinha sumido de vez entre uma viagem e outra. Parece que os outros habitantes souberam o que estava acontecendo e resolveram o problema com as próprias mãos. Suponho que eles deviam ter, ao menos, aqueles velhos sinais mágicos, dizem que eram as únicas coisas que eles temiam. Sem contar o que qualquer um desses Kanaks tinha a chance de se apoderar quando, do fundo do mar, se erguia alguma ilha com ruínas mais antigas do que o dilúvio. Malditos eles eram — eles não deixaram nada de pé nem na ilha principal nem na pequena ilha vulcânica, exceto que partes das ruínas eram grandes demais para serem derrubadas. Em alguns lugares eram pedrinhas espalhadas — como amuletos — com algo sobre elas como o que vocês chamam de suástica nos dias de hoje. Provavelmente eram os sinais dos Antigos. Nenhum rastro de coisas parecidas com ouro, e nenhum dos Kanaks nas proximidades, ousava dizer uma palavra sobre o assunto. Nem sequer admitiria que alguma vez tinha morado qualquer pessoa naquela ilha.

"Isso naturalmente atingiu Obed muito intensamente, já que seu comércio normal estava indo muito mal. Atingiu toda Innsmouth também, porque em tempos de marinheiro o que beneficiava o comandante de um navio dava lucro proporcionalmente à tripulação. A maioria das pessoas ao redor da cidade levou os tempos difíceis docilmente e resignadas, mas eles estavam em má forma porque a pesca estava acabando e os moinhos não estavam indo muito bem.

"Foi então que Obed começou a xingar o pessoal por ser uma ovelha estúpida e orar para um Deus cristão, o que não os ajudou em nada. Disse a eles que conhecia pessoas que rezavam aos deuses que dão algo de que você realmente precisa, e disse que se um bom grupo de homens ficasse ao lado dele, poderia dar uma chance a eles para conseguirem muito peixe e bastante ouro. É claro que os que tinham servido na Sumatra Queen e tinham visto a ilha sabiam o que ele queria dizer, e ninguém estava muito ansioso para se aproximar das coisas do mar como eles ouviram falar, mas aqueles que não sabiam o que estava acontecendo ficavam influenciados pelo o que Obed tinha a dizer, e começaram a perguntar o que ele poderia fazer para colocá-los no caminho da fé e trazer-lhes resultados."

Aqui o velho vacilou, murmurou e caiu em um silêncio melancólico e apreensivo; olhando nervosamente por cima do ombro e, em seguida, voltando-se para observar fascinado o recife negro distante. Quando falei com ele, ele não respondeu, então eu sabia que teria que deixá-lo terminar a garrafa. A insana história que eu ouvia interessava-me profundamente, pois imaginava que continha uma espécie de alegoria baseada nas estranhezas de Innsmouth e elaborada por uma imaginação ao mesmo tempo criativa e cheia de fragmentos de lendas exóticas. Nem por um momento acreditei que a história tivesse algum fundamento realmente substancial; mas mesmo assim o relato continha uma pitada de terror genuíno, mesmo porque trazia referências a joias estranhas claramente parecidas com a tiara maligna que eu tinha visto em Newburyport. Talvez os ornamentos tivessem, afinal, vindo de alguma ilha estranha; e possivelmente as histórias malucas eram mentiras do próprio Obed do passado, e não desse velho beberrão.

Entreguei a garrafa a Zadok e ele a esvaziou até a última gota. Era curioso como ele suportava tanto uísque, pois nem mesmo um traço de rouquidão havia surgido em sua voz aguda e ofegante. Ele lambeu a boca da garrafa e a enfiou no bolso, então começou a assentir e sussurrar baixinho para si mesmo. Inclinei-me para pegar qualquer palavra articulada que ele pudesse proferir, e pensei ter visto um sorriso sardônico por trás dos bigodes manchados e espessos. Sim, ele estava realmente formando palavras, e eu conseguia entender uma boa proporção delas.

— Pobre Matt... Matt sempre esteve contra isso — tentou alinhar as pessoas do seu lado, e teve longas conversas com os pregadores... não adiantou... eles correram com o pároco da Congregação, e o cara metodista desistiu... nunca mais vi Resolved Babcock, o pároco batista, de novo... Ira de Jeová — eu era uma criaturinha poderosa, mas ouvi o que ouvi e vi o que vi... Dagon e Ashtoreth... Belial e Belzebu... Bezerro de Ouro e os ídolos de Canaã e dos filisteus... abominações babilônicas... *Mene, mene, tekel, upharsin...*

Ele parou de novo, e pelo olhar em seus olhos azuis lacrimejantes eu temi que estivesse perto de um estupor, afinal. Mas quando eu gentilmente balancei seu ombro, ele se virou para mim com espantosa atenção e soltou algumas frases mais obscuras.

— Não acredita em mim, hein? Heh, heh, heh, então me diga, meu jovem, por que o capitão Obed e vinte e tantos outros costumavam remar até o Recife do Diabo na calada da noite e cantar coisas tão alto que você poderia ouvir todos eles na cidade quando o vento estava certo? Diga-me isso, hein? E me diga por que Obed estava jogando coisas pesadas no fundo da água do outro lado do recife, onde o fundo se projeta como um penhasco abaixo de vocês? Diga-me o que ele fez com aquela coisa de chumbo de formato engraçado que Walakea deu a ele? Ei, menino? E o que todos eles gritaram na véspera de primeiro de maio e no Dia das Bruxas? E por que os novos párocos da igreja — homens que costumavam ser marinheiros — usavam esses mantos esquisitos e se cobriam com coisas parecidas com o ouro que Obed trazia? Hein?

Os olhos azuis lacrimejantes eram quase selvagens e maníacos agora, e a barba branca e suja estava eriçada eletricamente. O velho Zadok provavelmente me viu recuar, pois começara a gargalhar maldosamente.

— Ei, ei, ei, ei! Começando a ver, hein? Talvez você gostasse de me conhecer naqueles dias, quando eu via coisas à noite no mar do topo da minha casa. Oh, eu era pequeno, mas os coelhos também são pequenos e têm orelhas grandes, e eu não estava perdendo nada do que foi falado sobre o capitão Obed e o pessoal do recife! Ei, ei, ei! E sobre a noite que eu levei a luneta do navio do meu pai até a cúpula e vi o recife ouriçado com vultos que mergulharam rápido logo que a lua subiu? Obed e o pessoal estavam em um barquinho a remo, mas aqueles vultos mergulharam do outro lado nas águas profundas e nunca mais apareceram. O que você acha de ser um moleque sozinho no telhado com o telescópio do meu pai olhando vultos que não eram humanos!?... Hein?... Eh, eh, eh...

O velho estava ficando histérico e comecei a tremer alarmado. Ele colocou uma garra nodosa e trêmula em meu ombro, e não me pareceu que tremia de alegria.

— Imagine que uma noite você veja algo pesado arremessado contra o barquinho a remo de Obed além do recife, e então percebe que no dia seguinte um rapaz tinha sumido de casa? Ei? Alguém já viu sinal de Hiram Gilman de novo? E de Nick Pierce, Luelly Waite, Adoniram Saothwick e Henry Garrison? Eh, eh, eh, eh... Formas falando em linguagem de sinais com as mãos... as que tinham mãos de verdade...

"Bem, senhor, essa foi a hora em que Obed começou a se levantar novamente. As pessoas viram suas três filhas usando coisas parecidas com ouro como ninguém nunca as viu usando antes, e a fumaça começou a sair da chaminé da refinaria. Outras pessoas também estavam prosperando — peixes começaram a invadir o porto, e Deus sabe o tamanho das cargas que começamos a despachar para Newburyport, Arkham e Boston. Foi então que Obed conseguiu consertar o velho ramal ferroviário. Alguns pescadores de Kingsport ouviram falar dos peixes e subiram em saveiros, mas todos estavam perdidos. Ninguém nunca mais os viu. Então, nosso pessoal organizou a Ordem Esotérica de Dagon, e comprou a Loja Maçônica do Comando do Calvário para isso... eh, eh, eh! Matt Eliot era um maçom e estava vendendo, mas de repente, ele foi embora.

"Lembre-se, eu não estou dizendo que Obed estava determinado a fazer coisas como se estivessem naquela ilha de Kanaky. Acho que ele não pretendia fazer mistura alguma, nem criar filhotes para levar para a água e se transformar em peixes com vida eterna. Ele queria aquelas coisas de ouro, e estava disposto a pagar caro, e acho que os outros ficaram satisfeitos por um tempo.

"Por volta de 1846, a cidade fez alguma investigação por si mesma. Muita gente sumida, muita pregação selvagem na reunião de domingo, muita conversa sobre aquele recife. Acho que eu ajudei contando ao Selectman Mowry o que tinha visto do telhado da casa. Eles estavam em grupo uma noite enquanto seguiam o bando de Obed até o recife, e eu ouvi tiros entre os barcos. No dia seguinte, Obed e vinte e dois outros estavam na prisão, com todo mundo se perguntando o que estava acontecendo e tentando adivinhar que acusação eles deveriam ter contra eles. Deus, se alguém olhasse para a frente... algumas semanas depois, quando nada havia sido jogado no mar por muito tempo..."

Zadok dava sinais de medo e exaustão, e eu o deixei ficar em silêncio por um tempo, embora olhando apreensivo para o meu relógio. Com a virada da maré, o mar estava subindo e o som das ondas pareceu acordá-lo. Fiquei feliz com aquela maré, pois na maré alta o cheiro de peixe pode não ser tão ruim. Mais uma vez eu me esforcei para captar seus sussurros.

— Aquela noite horrível... Eu os vi... Eu estava no telhado... um monte deles... enxames deles... por todo o recife e nadando até o porto em Manuxet... Deus, o que aconteceu nas ruas de Innsmouth naquela noite... eles chacoalharam nossa porta, mas o meu pai não abriu. Então ele saiu pela janela da cozinha com sua espingarda procurando pelo Selectman Mowry e ver o que ele poderia fazer... murmúrios dos mortos e dos moribundos... tiros e gritos... na Velha Praça, e na Town Square e no New Church Green... abriram a prisão... proclamação... traição... disseram que foi a praga quando as pessoas chegaram e viram que metade do nosso povo havia sumido... não sobrou ninguém a não ser aqueles que estavam com Obed ou então os que ficaram quietos... nunca mais eu vi meu pai...

O velho estava ofegante e suando profusamente. Seu aperto no meu ombro aumentou.

— Na manhã seguinte, tudo voltou ao normal. Mas os monstros deixaram vestígios. Obed assumiu o comando e dizia que as coisas iriam mudar... outros vinham às nossas cerimônias para rezar conosco, e algumas casas abrigavam certos convidados — animais marinhos que queriam misturar seu sangue com o nosso, como fizeram entre os Kanaks, e ele não se sentia disposto a impedir isso. Muito distante estava Obed... como um homem louco falando sobre o assunto. Dizia que eles nos trouxeram peixes e tesouros, e deveriam ter o que queriam...

"Aparentemente, tudo continuaria igual, mas ele nos disse que tínhamos que evitar os estranhos para nosso próprio bem. Todos nós tínhamos que fazer o juramento de Dagon, e mais tarde o segundo e terceiro juramentos que alguns de nós fizeram. Aqueles que ajudassem mais, receberiam recompensas especiais como ouro. Não adiantava hesitar, porque eram milhões deles lá embaixo. Eles preferiam não ter que acabar com a humanidade, mas se fossem forçados a isso, fariam com certeza. Nós não tínhamos aqueles velhos amuletos para afastá-los como as pessoas no Mar do Sul tinham, e aqueles Kanaks nunca revelariam seus segredos.

"Tínhamos que fazer sacrifícios suficientes, oferecer bugigangas selvagens e abrigá-los na cidade sempre que quisessem, para nos deixarem em paz. Não incomodavam estrangeiros, pois esses poderiam contar histórias lá fora — isto é, sem que eles espionassem. Todos deveriam ficar no bando dos fiéis, na Ordem de Dagon, e as crianças nunca morreriam, voltariam para a Mãe Hidra e para o Pai Dagon, de onde todos nós viemos antes — *Ia! Ia! Cthulhu fhtagn! Ph'nglui mglw'nafh Cthulhu R'lyeh wgah-nagl fhtagn...*"

O velho Zadok estava rapidamente caindo em delírios, e eu prendi a respiração. Pobre alma — a que profundidade lamentável de alucinação sua bebida, seu ódio pela decadência, alienação e doença ao seu redor trouxeram aquele cérebro fértil e imaginativo! Ele começou a gemer, e as lágrimas escorriam por suas bochechas até as profundezas de sua barba.

— Meu Deus, o que eu não via desde os quinze anos... *Mene, mene, tekel, upharsin!* — as pessoas que estavam desaparecidas, e aqueles que se mataram — os que diziam coisas em Arkham ou Ipswich ou em outros lugares eram todos chamados de loucos, como se você estivesse me chamando agora mesmo — mas Deus, o que eu vi... Eles me mataram há muito tempo pelo que eu sei, só que eu tinha feito o primeiro e segundo Juramentos de Dagon para o Obed, então fui protegido a menos que um júri deles provasse que eu tinha dito coisas deliberadas, mas eu não faria o terceiro Juramento — eu morreria antes de fazer isso...

"Isso ficou muito difícil na época da Guerra Civil, quando as crianças nascidas em 1846 começaram a crescer — algumas delas. Eu estava com medo... nunca fiz nenhuma reza naquela noite horrível, e nunca vi um deles em toda a minha vida. Ou seja, nenhuma que fosse de sangue puro. Fui para a guerra, e se eu tivesse coragem ou cabeça boa nunca mais voltaria, mas me estabeleceria longe daqui. Mas as pessoas me escreveram coisas que não eram tão ruins. Isso, suponho, foi porque os recrutas do governo estavam na cidade depois de sessenta e três. Depois da guerra ficou tudo ruim de novo. As pessoas voltaram a não fazer nada, moinhos e lojas desmoronaram, os navios pararam, a areia invadiu a bacia do porto e a ferrovia foi abandonada, mas eles nunca pararam de nadar dentro e fora do rio daquele recife amaldiçoado de Satanás — e mais e mais janelas de sótão foram fechadas, e mais e mais barulhos eram ouvidos nas cabanas vazias...

"Pessoas de fora têm suas histórias sobre nós — suponho que você tenha ouvido muito sobre elas, a julgar pelas perguntas que me faz — histórias sobre coisas que eles viram, e sobre aquela estranha joia que veio de algum lugar e não está totalmente derretida, mas nada nunca ficou definido. Ninguém vai acreditar em nada. Eles os chamam de coisas parecidas com ouro, pilhagem de piratas, e permitem que o pessoal de Innsmouth tenha sangue estrangeiro, descontrolado ou algo assim. Além disso, os que moram aqui espantam tantos estranhos quanto parentes, e encorajam os demais a não ficarem muito curiosos, especialmente durante a noite. Os animais, eu me lembro, empinavam assim que alguém daqui ficava na frente deles, os cavalos em particular; depois, com o carro, esse problema sumiu.

"Em 1846, o capitão Obed tomou uma segunda esposa que ninguém na cidade tinha visto antes, dizem que ele não queria, mas foi obrigado — teve três filhos com ela, dois desapareceram, mas uma garota que se parecia com qualquer outra foi educada na Europa. Obed finalmente conseguiu casá-la ao enganar um cara de Arkham, que não suspeitava de nada. Mas ninguém de fora quer qualquer ligação com o povo de Innsmouth agora. Barnabas Marsh que dirige a refinaria Naow é neto de Obed com sua primeira esposa — filho de Onesíforo, seu filho mais velho, mas sua mãe era outra deles, pois nunca era vista ao ar livre.

"Agora Barnabas está mudado. Não consegue mais fechar os olhos e está em péssimo estado. Dizem que ele ainda usa roupas, mas logo vai entrar na água. Talvez ele já tenha tentado — eles às vezes vão de madrugada para fazer pequenos feitiços antes de irem para sempre. Ele não é visto em público há pelo menos dez anos. Não sei como sua pobre esposa se sente — ela veio de Ipswich, e eles quase lincharam Barnabas quando ele a cortejou há cinquenta e tantos anos. Obed morreu em 1878, e toda geração seguinte se foi — os filhos da primeira esposa morreram, e o resto... Deus sabe... "

O som da maré que se aproximava agora era muito insistente e, pouco a pouco, parecia mudar o humor do velho de choro sentimental para medo vigilante. Ele parava de vez em quando para renovar aqueles olhares nervosos por cima do ombro ou para o recife e, apesar do absurdo selvagem de sua história, não pude deixar de compartilhar sua vaga apreensão. Zadok agora ficou mais estridente e parecia estar tentando criar coragem com um discurso mais alto.

— E por que você não diz nada? Você gostaria de viver em uma cidade como essa, com tudo apodrecendo e morrendo, com monstros rastejando, balindo, latindo e pulando para os porões escuros e sótãos em todas as direções? Ei? Você gostaria de ouvir, noite após noite, os uivos que vêm das igrejas e das dependências das igrejas e da Ordem de Dagon, e fazer parte do Dia das Bruxas? Você gostaria de ouvir o que vem daquele recife horrível toda véspera de primeiro de maio e no Dia das Bruxas? Ei? Acha que o velho está louco, hein? Bem, senhor, ainda não lhe contei o pior!

Zadok estava realmente gritando agora, e o frenesi louco de sua voz me perturbou mais do que gostaria de admitir.

— Maldição, não fique me encarando com estes olhos... digo que Obed Marsh está no inferno, e ele tem que ficar assim! Heh heh... no inferno, eu digo! Não pode me entender, eu não fiz ou disse nada a ninguém.

"Oh, você está aqui, jovem! Mesmo que eu não tenha contado nada a ninguém ainda, vou contar agora! Você fique quieto e me escute, garoto — isso é o que eu nunca contei a ninguém. Eu digo que não fiz nenhuma intromissão naquela noite, mas descubro as coisas mesmo assim!

"Você quer saber qual é o verdadeiro horror, hein? Bem, é isso... não é o que aqueles diabos de peixe fizeram, mas o que eles vão fazer! Eles estão trazendo coisas de onde eles vêm aqui para a cidade — fazem isso há anos, e vêm diminuindo o ritmo ultimamente. Aquelas casas ao norte do rio, entre a Water Street e Main Street, estão cheias deles... aqueles demônios e o que eles trouxeram... e quando estiverem prontos... Digo, quando eles ficarem prontos... já ouviu falar de um Shoggoth?"[29]

"Ei, você está me ouvindo? Eu que sei o que são essas coisas — eu as vi uma noite quando... EH-AHHHH-AH! E'YAAHHHH..."

A horrível rapidez e o medo desumano do grito do velho quase me fizeram desmaiar. Seus olhos, fitando além de mim em direção ao mar fétido, estavam saltando de sua cabeça; enquanto seu rosto era uma máscara de medo digna da tragédia grega. Sua garra ossuda cravou-se monstruosamente em meu ombro, e ele não fez nenhum movimento quando virei minha cabeça para olhar o que quer que ele tivesse vislumbrado.

Não havia nada que eu pudesse ver. Apenas a maré que chegava, com talvez um conjunto de ondulações mais próximas do que a longa linha de ondas. Mas agora Zadok estava me sacudindo, e me virei para ver o derretimento daquele rosto congelado de medo em um caos de pálpebras trêmulas e gengivas murmurantes. Logo sua voz voltou — embora como um sussurro trêmulo.

— Saia daqui! Eles nos viram. Vá embora, pelo amor de Deus! Não fique aí! Não espere por nada... eles já sabem... corra... rápido... para fora dessa cidade...

Outra onda pesada arremeteu contra a alvenaria solta do antigo cais, e mudou o sussurro do ancião louco para outro grito inumano de gelar o sangue.

— E-YAAHHHH!... YAAAAAAAA!

Antes que eu pudesse recuperar meu juízo disperso, ele afrouxou o aperto no meu ombro e correu selvagemente para o interior em direção à rua, cambaleando para o norte em torno do muro em ruínas do armazém.

Olhei de volta para o mar, mas não havia nada lá. E quando cheguei à Water Street e olhei para o norte, não havia vestígios de Zadok Allen.

IV.

Mal posso descrever o estado de espírito em que fui deixado por esse episódio angustiante — um episódio ao mesmo tempo louco e lamentável, grotesco

---

29   Os Shoggoths são monstros imaginários criados por Lovecraft.

e aterrorizante. O menino da mercearia me preparou para isso, mas a realidade me deixou, no entanto, perplexo e perturbado. Por mais pueril que fosse a história, a seriedade e o horror insanos do velho Zadok haviam me causado uma inquietação crescente que se juntava ao meu sentimento anterior de aversão pela cidade e sua praga de sombras intangíveis.

Mais tarde eu poderia peneirar o relato e extrair algum núcleo de alegoria histórica; agora mesmo eu queria tirar isso da minha cabeça. Estava perigosamente tarde — meu relógio marcava 7h15, e o ônibus de Arkham sairia da Town Square às 8h —, então tentei concentrar meus pensamentos em questões neutras e práticas enquanto andava apressado pelas ruas desertas com suas casas inclinadas e telhados esburacados para o hotel, onde havia guardado a mala, em frente ao qual pegaria meu ônibus.

Embora a luz dourada do fim da tarde desse aos antigos telhados e chaminés decrépitas um ar de mística beleza e paz, eu não conseguia deixar de olhar por cima do ombro de vez em quando. Eu certamente ficaria muito feliz em sair da cidade de Innsmouth malcheirosa e cheia de medo, e gostaria que houvesse algum outro veículo além do ônibus dirigido por aquele sargento de aparência sinistra. No entanto, não me apressei, pois havia detalhes arquitetônicos dignos de serem vistos em cada canto silencioso; e eu poderia facilmente, calculei, cobrir a distância necessária em meia hora.

Estudando o mapa do jovem da mercearia e procurando uma rota que eu não havia percorrido antes, escolhi a Marsh Street em vez da State para a minha abordagem à Town Square. Perto da esquina da Fall Street comecei a ver grupos dispersos de pessoas furtivas e, quando finalmente cheguei à praça, vi que quase todos os ociosos estavam reunidos em volta da porta da Gilman House. Parecia que muitos olhos esbugalhados, lacrimejantes e sem piscar me olhavam com estranheza enquanto eu pegava minha mala no saguão, e eu esperava que nenhuma dessas criaturas desagradáveis fossem meus companheiros de viagem no ônibus.

O ônibus chegou com três passageiros um pouco antes das oito, e um sujeito mal-encarado na calçada murmurou algumas palavras indistinguíveis para o motorista. Sargent pegou o saco do correio e um rolo de jornais e entrou no hotel; enquanto os passageiros — os mesmos homens que eu tinha visto chegando a Newburyport naquela manhã — cambaleavam até a calçada e trocavam algumas palavras fracas e guturais com um vadio em um idioma que eu poderia jurar que não era inglês. Embarquei no ônibus vazio e ocupei o mesmo lugar que antes, mas mal estava acomodado quando Sargent reapareceu e começou a murmurar com uma voz rouca de repulsa peculiar.

Eu estava, ao que parecia, com muito azar. Havia algo errado com o motor, apesar do excelente tempo feito de Newburyport, e o ônibus não conseguiu completar a viagem até Arkham. Não, não poderia ser consertado naquela noite, nem havia outra maneira de obter transporte para fora de Innsmouth, seja para Arkham ou outro lugar. Sargent sentiu muito, mas eu teria que dormir no Gilman. Provavelmente o balconista facilitaria o preço para mim, mas não havia mais nada a fazer. Quase atordoado por esse obstáculo repentino e temendo violentamente o cair da noite nessa cidade decadente e mal iluminada, saí do ônibus e voltei ao saguão do hotel; onde o funcionário noturno mal-humorado e de aparência esquisita me disse que eu poderia ficar no quarto 428 no penúltimo andar, que era grande, e custava um dólar por noite — sem água encanada.

Apesar do que eu tinha ouvido falar desse hotel em Newburyport, assinei o registro, paguei meu dólar, deixei o funcionário pegar minha mala e segui aquele atendente azedo e solitário por três lances de escada rangentes passando por corredores empoeirados que pareciam totalmente desprovidos de vida. Meu quarto, um aposento lúgubre com duas janelas e móveis baratos, dava para um pátio sombrio cercado por blocos de tijolos baixos e desertos, e comandava uma vista de telhados decrépitos que se estendiam para o oeste com uma paisagem pantanosa adiante. No final do corredor havia um banheiro — uma relíquia em estado lastimável com uma antiga tigela de mármore, banheira de estanho, luz elétrica fraca e painéis de madeira mofados ao redor de todos os encanamentos.

Ainda de dia, desci até a praça e procurei algum tipo de jantar; notando ao fazê-lo os olhares estranhos que recebi dos mal-encarados. Como a mercearia estava fechada, fui forçado a frequentar o restaurante que eu havia evitado antes; fui atendido por um homem encurvado, de cabeça estreita, com olhos fixos e sem piscar, e uma moça de nariz chato com mãos incrivelmente grossas e desajeitadas. O serviço era do tipo balcão, e me aliviou descobrir que muito era servido de latas e pacotes. Uma tigela de sopa de legumes com bolachas me bastou, e logo voltei para meu quarto triste no Gilman; pegando um jornal vespertino e uma revista manchada de moscas do balconista mal-encarado na estante precária ao lado de sua mesa.

À medida que o crepúsculo se aprofundava, acendi a única lâmpada elétrica fraca sobre a cama barata de armação de ferro e tentei o melhor que pude para continuar a leitura que havia começado. Achei aconselhável manter minha mente totalmente ocupada, pois não seria bom ficar remoendo as anormalidades desta cidade antiga e sombria enquanto eu ainda estivesse dentro de suas fronteiras. A história insana que eu ouvira do velho bêbado não prometia sonhos muito agradáveis, e senti que deveria manter a imagem de seus olhos selvagens e lacrimejantes o mais longe possível da minha imaginação.

Além disso, não devo me alongar no que aquele inspetor de fábrica disse ao bilheteiro de Newburyport sobre a Gilman House e as vozes de seus inquilinos noturnos — nem sobre isso, nem sobre o rosto sob a tiara na porta preta da igreja; o rosto cujo horror minha mente consciente não conseguia explicar. Talvez tivesse sido mais fácil manter meus pensamentos longe de assuntos perturbadores se o quarto não estivesse tão horrivelmente mofado. Do jeito que estava, o mofo letal misturava-se horrivelmente com o odor geral de peixe da cidade e concentrava persistentemente a fantasia na morte e na decadência.

Outra coisa que me incomodou foi a ausência de uma fechadura na porta do meu quarto. Uma estava lá, como as marcas mostravam claramente, mas havia sinais de remoção recente. Sem dúvida, estava quebrada, como tantas outras coisas neste edifício decrépito. Em meu nervosismo, vasculhei ao redor e encontrei uma fechadura no armário que se parecia com a da porta. Para obter um alívio parcial da tensão geral, ocupei-me de transferir aquela ferragem para o local vago com a ajuda de um prático dispositivo três em um, incluindo uma chave de fenda que eu mantinha no meu chaveiro. A fechadura encaixou perfeitamente, e fiquei um pouco aliviado quando soube que poderia fechá-la com firmeza ao me recolher. Não que eu tivesse alguma apreensão real de sua necessidade, mas que qualquer símbolo de segurança era bem-vindo em um ambiente desse tipo. Havia parafusos adequados nas duas portas laterais para os quartos comunicantes, e comecei a prendê-los.

Não me despi, mas decidi ler até ficar com sono e depois deitar-me apenas com o casaco, a camisa e os sapatos. Tirando uma lanterna de bolso da minha mala, coloquei-a na calça, para poder ler o relógio se acordasse mais tarde no escuro. A sonolência, porém, não veio; e quando parei para analisar meus pensamentos, descobri, para minha inquietação, que estava realmente ouvindo alguma coisa — ouvindo algo que temia, mas não conseguia nomear. A história daquele inspetor deve ter agido em minha imaginação mais profundamente do que eu suspeitava. Novamente tentei ler, mas vi que isso não adiantaria.

Depois de algum tempo, parecia ouvir as escadas e os corredores rangerem a intervalos, como se fossem passos, e me perguntei se os outros quartos estavam começando a se encher. Não havia vozes, no entanto, e me ocorreu que havia algo sutilmente furtivo nos rangidos. Não gostei disso e debati se seria melhor tentar dormir. Esta cidade tinha algumas pessoas estranhas, e sem dúvida houve vários desaparecimentos. Esta era uma daquelas estalagens onde os viajantes eram mortos por seu dinheiro? Certamente eu não tinha aparência de prosperidade excessiva. Ou os habitantes da cidade estavam realmente tão ressentidos com os visitantes curiosos? Fiz passeios óbvios, com frequentes consultas a mapas, será que minha curiosidade os incomodou? Ocorreu-me que eu deveria estar em um estado altamente nervoso para deixar alguns rangidos aleatórios me fazerem especular dessa maneira, mas eu me arrependi, mesmo assim, de estar desarmado.

Por fim, sentindo um cansaço que não tinha nada de sonolência, tranquei a porta do corredor recém-consertada, apaguei a luz e me joguei na cama dura e irregular — casaco, camisa, sapatos e tudo. Na escuridão, cada ruído fraco da noite parecia ampliado, e uma enxurrada de pensamentos duplamente desagradáveis varreu-me. Lamentei ter apagado a luz, mas estava cansado demais para me levantar e ligá-la novamente. Então, depois de um longo e triste intervalo, e precedido por um novo ranger de escadas e corredor, veio aquele som suave e inconfundível que parecia uma realização maligna de todas as minhas apreensões. Sem a menor sombra de dúvida, a fechadura da porta do meu corredor estava sendo testada — de maneira cautelosa, furtiva e provisória — com uma chave.

Minhas sensações ao reconhecer esse sinal de perigo real foram talvez menos tumultuadas por causa de meus vagos medos anteriores. Eu tinha estado, embora sem razão definida, instintivamente em guarda — e isso era uma vantagem para mim na nova e real crise, qualquer que fosse. No entanto, a mudança na ameaça de uma vaga premonição para a realidade imediata foi um choque profundo e caiu sobre mim com a força de um golpe genuíno. Nunca me ocorreu que essa confusão poderia ser um mero erro. Propósito maligno era tudo em que eu conseguia pensar, e eu fiquei mortalmente quieto, esperando o próximo movimento do pretenso intruso.

Depois de algum tempo, o barulho cauteloso cessou, eu os ouvi entrar em um quarto ao lado do meu. Em seguida, a fechadura da porta de ligação ao meu quarto foi suavemente testada. A fechadura aguentou, é claro, e ouvi o piso ranger quando o ladrão saiu do quarto. Depois de um momento, veio outro barulho suave, e eu sabia que o quarto ao sul estava sendo invadido. Novamente uma tentativa furtiva de uma porta de conexão trancada, e novamente um rangido que se afastava. Desta vez o rangido percorreu o corredor e desceu as escadas, de modo que eu sabia que o assaltante havia percebido o estado de trancamento das minhas portas e estava desistindo de sua tentativa por um tempo, como o futuro mostraria.

A presteza com que arquitetei um plano de ação prova que, em meu subconsciente, eu devia estar temendo alguma ameaça e avaliando meios possíveis de fuga. Desde o início, senti que o trapaceiro invisível significava um perigo que não deveria ser enfrentado, mas do qual eu deveria fugir o mais rapidamente possível. A única coisa a fazer era sair vivo daquele hotel o mais rápido que pudesse, e por algum canal que não fosse a escada da frente e o saguão.

Levantando-me suavemente e jogando minha lanterna no interruptor, procurei acender a lâmpada sobre minha cama para escolher e embolsar alguns pertences para uma fuga rápida. Nada, porém, aconteceu; e vi que a energia havia sido cortada. Claramente, algum movimento enigmático e maligno estava acontecendo em grande escala — exatamente o que, eu não poderia dizer. Enquanto eu ponderava com a mão no interruptor agora inútil, ouvi um rangido abafado no andar de baixo e pensei que mal conseguia distinguir vozes na conversa. Um momento depois, tive menos certeza de que os sons mais profundos fossem vozes, já que os aparentes latidos roucos e grasnidos de sílabas soltas tinham muito pouca semelhança com a fala humana reconhecida. Então pensei com força renovada no que o inspetor da fábrica ouvira à noite neste prédio em ruínas e pestilento.

Tendo enchido os bolsos com a ajuda da lanterna, coloquei meu chapéu e fui nas pontas dos pés até as janelas para considerar as chances de descida. Apesar dos regulamentos de segurança do estado, não havia escada de incêndio deste lado do hotel, e vi que minhas janelas comandavam apenas uma queda de três andares para o pátio de paralelepípedos. À direita e à esquerda, porém, alguns velhos edifícios comerciais de tijolo ficavam encostados ao hotel e seus telhados oblíquos chegavam a uma distância de salto razoável do quarto andar em que eu estava. Para alcançar qualquer uma dessas linhas de prédios, eu teria que estar em um quarto a duas portas do meu — para um lado ou para o outro — e minha mente instantaneamente começou a trabalhar calculando quais chances eu tinha de fazer a transferência.

Eu não podia, decidi, arriscar aparecer no corredor; onde meus passos certamente seriam ouvidos, e onde as dificuldades de entrar no quarto desejado seriam insuperáveis. Meu progresso, se fosse para ser feito, teria que ser através das portas de conexão dos quartos, menos solidamente construídas; cujas fechaduras eu teria que forçar violentamente, usando meu ombro como um aríete sempre que fossem colocados contra mim. Isso, pensei, seria possível devido à natureza frágil da casa e seus acessórios; mas percebi que não poderia fazê-lo silenciosamente. Eu teria que contar com a velocidade e a chance de chegar a uma janela antes que qualquer força hostil tivesse tempo de abrir a porta do corredor. Reforcei minha própria porta externa empurrando a cômoda contra ela — pouco a pouco, para fazer o mínimo de ruído.

Percebi que minhas chances eram muito pequenas e estava totalmente preparado para qualquer calamidade. Mesmo chegar a outro telhado não resolveria o problema, pois restaria então a tarefa de chegar ao solo e escapar da cidade. Uma coisa a meu favor era o estado deserto e ruinoso dos prédios adjacentes, e o número de claraboias escancaradas em cada fileira.

Deduzindo a partir do mapa do menino da mercearia que a melhor rota para fora da cidade era para o sul, olhei primeiro para a porta de ligação no lado sul do quarto. Ela abria-se para dentro do meu quarto, e pude perceber, depois de puxar o trinco e verificar que a porta não abria, que seria muito difícil forçá-la. Assim, abandonando-a como rota, movi cautelosamente o estrado contra ela para impedir qualquer ataque que pudesse ser feito mais tarde a partir do quarto ao lado. A porta de ligação com o quarto do norte abria para o outro lado e eu percebi — embora um teste me informasse que ela estava trancada ou aferrolhada do outro lado — que deveria ser minha rota. Se eu pudesse alcançar os telhados dos prédios da Paine Street e descer com sucesso até o nível do solo, talvez eu pudesse atravessar o pátio e os prédios adjacentes ou opostos a Washington Street ou Bates — ou então emergir em Paine e dar a volta em direção ao sul, para a Washington Street. De qualquer forma, eu teria como objetivo ir até a Washington Street de alguma forma e sair rapidamente da região da Town Square. Minha preferência seria evitar Paine, já que o quartel de bombeiros poderia ficar aberto a noite toda.

Enquanto pensava nessas coisas, olhei para o mar esquálido de telhados decadentes abaixo de mim, agora iluminado pelos raios da lua. À direita, o corte negro da garganta do rio cortava o panorama; fábricas estavam abandonadas e estações ferroviárias agarradas como cracas aos seus lados. Além dela, a ferrovia enferrujada e a estrada Rowley seguiam por um terreno plano e pantanoso pontilhado de ilhotas de terra mais alta e seca. À esquerda, o campo ladeado por riachos estava mais próximo, a estrada estreita para Ipswich brilhando branca ao luar. Não conseguia ver do meu lado do hotel a rota para o sul em direção a Arkham que eu havia decidido tomar.

Eu estava especulando, indeciso, sobre o melhor momento de atacar a porta do norte, e sobre como poderia manejá-la menos audivelmente, quando notei que os ruídos vagos sob os pés deram lugar a um rangido fresco e mais pesado da escada. Um lampejo vacilante de luz passou pelas frestas, e as tábuas do corredor começaram a gemer com uma carga pesada. Sons abafados de possível origem vocal se aproximaram e, por fim, uma batida firme veio à minha porta.

Por um momento eu simplesmente prendi a respiração e esperei. Eternidades pareciam transcorrer, e o odor nauseante de peixe do meu ambiente parecia aumentar repentina e espetacularmente. Então as batidas foram repetidas — continuamente e com insistência crescente. Eu sabia que a hora da ação havia chegado e imediatamente puxei o ferrolho da porta de ligação ao norte, preparando-me para a tarefa de abri-la. As batidas ficaram mais altas, e eu esperava que seu volume cobrisse o som dos meus esforços. Por fim, começando minha tentativa, investi repetidas vezes no fino painel com meu ombro esquerdo, indiferente ao choque ou à dor. A porta resistiu ainda mais do que eu esperava, mas não desisti. E durante todo o tempo o clamor na minha porta aumentou.

Finalmente a porta de ligação cedeu, mas com tal estrondo que eu sabia que os do lado de fora deviam ter ouvido. Instantaneamente as batidas do lado de fora se tornaram violentas, enquanto as chaves soavam ameaçadoramente nas portas do corredor dos quartos em ambos os lados de onde eu estava. Correndo pela conexão recém-aberta, consegui trancar a porta do corredor norte antes que a fechadura pudesse ser girada; mas mesmo assim, ouvi a porta do corredor do terceiro quarto — aquela de cuja janela eu esperava alcançar o telhado abaixo — sendo testada com uma chave-mestra.

Por um instante, senti um desespero absoluto, eles iam me prender em um quarto cuja janela não me oferecia nenhuma saída possível. Uma onda de horror quase anormal me invadiu e investiu de uma singularidade terrível, mas inexplicável, resultado das pegadas deixadas na poeira do chão por intrusos que tentaram forçar a porta lateral. Então, com um automatismo atordoado que persistiu apesar da desesperança, fui para a próxima porta de ligação e fiz o movimento cego de empurrá-la para tentar passar e — admitindo que os ferrolhos pudessem estar tão providencialmente intactos quanto neste segundo quarto — tranquei a porta do corredor antes que a fechadura pudesse ser aberta do lado de fora.

A sorte me foi favorável, pois a porta de conexão diante de mim não estava apenas destrancada, mas na verdade entreaberta. Eu pulei e forcei meu joelho e ombro na porta do corredor, que estava se abrindo. A pressão que eu fiz pegou o invasor de surpresa, pois a porta fechou com o empurrão, permitindo que eu corresse o ferrolho bem conservado como fizera na outra porta. Quando ganhei essa pausa, ouvi as batidas nas outras duas portas diminuírem, enquanto um barulho confuso vinha da porta de conexão que eu havia protegido com o estrado da cama. Evidentemente, a maior parte dos meus agressores havia entrado no quarto ao sul e estava se concentrando em um ataque lateral. Mas no mesmo instante ouvi uma chave sendo inserida na porta ao lado, ao norte, e eu sabia que o perigo estava próximo.

A porta de ligação para o norte estava escancarada, mas não havia tempo para pensar em verificar a fechadura no corredor. Tudo que eu podia fazer era fechar e aferrolhar a porta de conexão aberta, bem como a outra do lado oposto — empurrando uma cama contra a primeira e uma escrivaninha contra a outra e deslocando um lavatório para adiante da porta do corredor. Eu teria que confiar em tais barreiras improvisadas para me proteger até que eu pudesse sair pela janela e no telhado do quarteirão da Paine Street. Mas mesmo neste momento meu principal horror era algo além da fraqueza imediata de minhas defesas. Eu estava estremecendo porque nenhum dos meus perseguidores, apesar de alguns arquejos horríveis, grunhidos e latidos abafados em intervalos irregulares, havia pronunciado uma única palavra inteligível e humana.

Enquanto movia os móveis e corria em direção às janelas, ouvi uma correria assustadora pelo corredor em direção à sala ao norte e percebi que o golpe para o sul havia cessado. Claramente, a maioria dos meus oponentes estava prestes a se concentrar contra a frágil porta de conexão que eles sabiam que deveria se abrir diretamente para mim. Lá fora, a lua banhava o cume do bloco abaixo, e eu vi que o salto seria extremamente perigoso por causa da superfície íngreme em que eu deveria pousar.

Examinando as condições, escolhi a mais ao sul das duas janelas como minha via de fuga; planejando pousar na inclinação interna do telhado e ir para a claraboia mais próxima. Uma vez dentro de uma das estruturas de tijolos decrépitas, eu teria que contar com a perseguição; mas esperava descer e me esquivar de portas escancaradas ao longo do pátio sombreado, eventualmente chegando à Washington Street e saindo da cidade em direção ao sul.

O barulho na porta de ligação ao norte era agora terrível, e vi que os painéis fracos estavam começando a se estilhaçar. Obviamente, os sitiantes colocaram em jogo algum objeto pesado como aríete. A cama, no entanto, ainda estava firme; para que eu tivesse pelo menos uma vaga chance de escapar. Ao abrir a janela, notei que ela era ladeada por pesadas cortinas de veludo suspensas em uma vara por anéis de latão, e também que havia uma grande trava saliente para as venezianas do lado de fora. Vendo um meio possível de evitar o salto perigoso, puxei as cortinas e as derrubei, com vara e tudo; em seguida, prendendo rapidamente dois dos anéis no fecho da veneziana e arremessando a cortina para fora. As dobras pesadas alcançavam totalmente o telhado adjacente, e vi que os anéis e a trava provavelmente suportariam meu peso. Assim, subindo no parapeito da janela e usando a improvisada escada de corda, deixei para trás, para sempre, o tecido mórbido e infectado de horror da Gilman House.

Aterrissei com segurança nas ardósias soltas do telhado íngreme e consegui alcançar a claraboia negra escancarada sem escorregar. Olhando para a janela que eu havia deixado, observei que ainda estava escuro, embora do outro lado das chaminés em ruínas ao norte eu pudesse ver luzes ameaçadoras no Salão da Ordem de Dagon, na igreja batista e na igreja congregacional, cuja mera lembrança me dava calafrios. Parecia não haver ninguém no pátio abaixo, e eu esperava que houvesse uma chance de escapar antes que o alarme geral se espalhasse. Apontando minha lanterna de bolso para a claraboia, vi que não havia degraus. A distância era pequena, no entanto, então eu escalei a beira e caí; atingindo um chão empoeirado cheio de caixas e barris em ruínas.

O lugar tinha uma aparência macabra, mas eu não me importei com essas impressões e fui imediatamente para a escada revelada pela minha lanterna — depois de uma rápida olhada no meu relógio, que marcava duas horas da manhã. Os degraus estalavam, mas pareciam sólidos, e eu me precipitei para baixo cruzando um segundo andar com jeito de celeiro até chegar ao térreo. A desolação era completa e apenas ecos responderam aos meus passos. Por fim, cheguei ao saguão inferior, em uma extremidade a partir da qual vi um tênue retângulo luminoso marcando a porta arruinada da Paine Street. Indo para o outro lado, encontrei a porta dos fundos também aberta; e saí em disparada pelos cinco degraus de pedra até o calçamento de pedras arredondadas intercalado de mato do pátio.

Os raios da lua não chegavam até ali, mas eu podia ver meu caminho sem usar a lanterna. Algumas das janelas do lado da Gilman House brilhavam levemente, e pensei ter ouvido sons confusos lá dentro. Caminhando suavemente para o lado da Washington Street, percebi várias portas abertas e escolhi a mais próxima como minha rota de saída. O corredor do lado de dentro estava escuro e, quando cheguei ao extremo oposto, vi que a porta da rua estava calçada por cunhas. Resolvido a tentar outro prédio, tateei meu caminho de volta para o pátio, mas parei quando estava perto da porta.

De uma porta aberta da Gilman House saía uma grande multidão de formas duvidosas — lanternas balançando na escuridão e vozes horríveis coaxando, trocando gritos baixos no que certamente não era inglês. As figuras moviam-se inseguras e percebi, para meu alívio, que não sabiam para onde eu tinha ido; mas, apesar de tudo, eles enviaram um arrepio de horror através do meu corpo. Suas feições eram indistinguíveis, mas seu andar agachado e cambaleante era abominavelmente repelente. E o pior de tudo, percebi que uma figura estava estranhamente vestida, e inconfundivelmente encimada por uma alta tiara com um desenho muito familiar. À medida que as figuras se espalhavam pelo pátio, senti meus medos aumentarem. E se eu não conseguisse encontrar nenhuma saída deste prédio do lado da rua? O cheiro de peixe era detestável, e imaginei se conseguiria suportá-lo sem desmaiar. Novamente tateando em direção à rua, abri uma porta do corredor e deparei com uma sala vazia com janelas fechadas, mas sem caixilhos. Correndo a luz da lanterna, percebi que poderia abrir os postigos e, um segundo depois, eu saltava para fora e fechava a passagem com cuidado para ficar como antes.

Eu estava agora na Washington Street e, no momento, não vi nenhum ser vivo nem qualquer luz, exceto a da lua. De várias direções ao longe, no entanto, pude ouvir o som de vozes roucas, de passos e de um curioso tipo de tamborilar que não soava exatamente como passos. Claramente eu não tinha tempo a perder. Os pontos da bússola estavam claros para mim, e fiquei feliz que todas as luzes da rua estivessem apagadas, como de hábito nas zonas rurais pobres em noites enluaradas. Alguns dos sons vinham do sul, mas mantive meu plano de escapar naquela direção. Eu sabia que haveria muitas portas desertas para me abrigar caso eu encontrasse qualquer pessoa ou grupo que parecesse perseguidor.

Caminhei rápido, suave e perto das casas em ruínas. Embora sem chapéu e desgrenhado após minha árdua escalada, eu não parecia especialmente perceptível; e tinha uma boa chance de passar despercebido se forçado a encontrar qualquer viajante casual. Na Bates Street, entrei em um vestíbulo escancarado enquanto duas figuras trôpegas passavam à minha frente, mas logo estava de novo a caminho e me aproximando do espaço aberto onde a Eliot Street cruza obliquamente a Washington Street no cruzamento da South. Embora eu nunca tivesse visto esse espaço, parecia perigoso para mim no mapa do jovem da mercearia; já que o luar teria livre acesso lá. Não adiantava tentar evitá-lo, pois qualquer curso alternativo envolveria desvios de visibilidade possivelmente desastrosos e um efeito retardador. A única coisa a fazer era atravessá-la corajosa e abertamente; imitando o melhor que pudesse o andar bamboleante típico da gente de Innsmouth e confiando em que ninguém — ou, ao menos, nenhum de meus perseguidores — estivesse por perto.

Até que ponto a busca foi organizada — e, de fato, qual poderia ser seu propósito — eu não fazia ideia. Parecia haver uma atividade incomum na cidade, mas julguei que a notícia de minha fuga da Gilman House ainda não havia se espalhado. É claro que em breve eu teria que mudar de Washington Street para alguma outra rua ao sul; pois aquele grupo do hotel estaria, sem dúvida, atrás de mim. Devo ter deixado marcas de poeira naquele último prédio antigo, revelando como havia conquistado a rua.

O espaço aberto estava, como eu esperava, fortemente enluarado; e vi no centro os restos de um gramado semelhante a um parque, com grades de ferro. Felizmente não havia ninguém por perto, embora um curioso tipo de zumbido ou rugido parecesse estar aumentando na direção da Praça da Cidade. A South Street era muito larga, descendo diretamente um pequeno declive até a orla e com uma longa visão do mar; e eu esperava que ninguém estivesse olhando de longe enquanto eu cruzava o luar brilhante.

Meu progresso foi desimpedido, e nenhum som novo surgiu para sugerir que eu tinha sido espionado. Olhando ao meu redor, involuntariamente deixei meu ritmo diminuir por um segundo para contemplar a vista do mar, deslumbrante sob o luar ardente no final da rua. Muito além do quebra-mar estava a linha sombria e escura do Recife do Diabo, e ao vislumbrá-la não pude deixar de pensar em todas as lendas horríveis que ouvira nas últimas trinta e quatro horas — lendas que retratavam essa rocha irregular como uma verdadeira porta de entrada para reinos de horror insondável e anormalidade inconcebível.

Então, sem aviso, vi os flashes intermitentes de luz no recife distante. Eles eram definitivos e inconfundíveis, e despertavam em minha mente um horror cego além de qualquer proporção racional. Meus músculos se contraíram para a fuga do pânico, contidos apenas por uma certa cautela inconsciente e uma fascinação meio hipnótica. E para piorar as coisas, agora brilhava da cúpula alta da Gilman House, que se erguia a nordeste atrás de mim, uma série de clarões análogos, embora espaçados de forma diferente, que não podiam ser nada menos do que um sinal de resposta.

Controlando meus músculos, e percebendo novamente como eu estava claramente visível, retomei com maior vigor minha simulação de andar bamboleante; embora mantendo meus olhos naquele recife infernal e ameaçador enquanto a abertura da South Street me deu uma visão para o mar. O que todo o processo significava, eu não conseguia imaginar; a menos que envolvesse algum rito estranho relacionado com Recife do Diabo, ou a menos que algum grupo tivesse desembarcado de um navio naquela rocha sinistra. Eu agora me inclinei para a esquerda ao redor do gramado em ruínas; ainda olhando para o oceano enquanto ele brilhava no luar espectral do verão, e observando o brilho enigmático daqueles faróis sem nome e inexplicáveis.

Foi então que me veio a impressão mais horrível de todas — a impressão que destruiu meu último vestígio de autocontrole e me fez correr freneticamente para o sul, passando pelas portas escuras e escancaradas e pelas janelas que olhavam como um peixe daquele pesadelo de rua deserta. Ao olhar mais de perto, vi que as águas enluaradas entre o recife e a costa estavam longe de serem vazias. Elas estavam vivas com uma horda fervilhante de formas nadando em direção à cidade; e mesmo à minha grande distância e no meu único momento de percepção, pude dizer que as cabeças balançando e os braços agitados eram estranhos e aberrantes de uma maneira que dificilmente poderia ser expressa ou conscientemente formulada.

Minha corrida frenética cessou antes que eu tivesse percorrido um quarteirão, pois à minha esquerda comecei a ouvir algo parecido com a gritaria de uma perseguição organizada. Ouviram-se passos e sons guturais, e um motor chacoalhando chiou para o sul ao longo da Federal Street. Em um segundo, todos os meus planos foram totalmente alterados, pois se a estrada para o sul estivesse bloqueada à minha frente, eu deveria encontrar outra saída de Innsmouth. Fiz uma pausa e entrei em uma porta escancarada, refletindo como tive sorte por ter deixado o espaço aberto iluminado pela lua antes que esses perseguidores descessem a rua paralela.

Uma segunda reflexão foi menos reconfortante. Como a perseguição era por outra rua, ficou claro que o grupo não estava me seguindo diretamente. Ele não tinha me visto, mas estava simplesmente obedecendo a um plano geral de impedir minha fuga. Isso, no entanto, implicava que todas as estradas que saíam de Innsmouth estivessem igualmente patrulhadas; pois os habitantes não podiam saber que rota eu pretendia tomar. Se fosse assim, eu teria que fazer minha retirada longe de qualquer estrada; mas como eu poderia fazer isso em vista da natureza pantanosa e cheia de riachos de toda a região ao redor? Por um momento, meu cérebro cambaleou — tanto por pura desesperança quanto por um rápido aumento no onipresente odor de peixe.

Então pensei na ferrovia abandonada para Rowley, cuja sólida linha de terra com lastro e ervas daninhas ainda se estendia a noroeste da estação em ruínas na beira do desfiladeiro do rio. Havia apenas uma chance de que os habitantes da cidade não pensassem nisso; já que sua deserção sufocada por sarças a tornava meio intransitável, e a mais improvável de todas as avenidas para um fugitivo escolher. Eu a tinha visto claramente da janela do meu hotel e sabia como estava. A maior parte de sua extensão anterior era desconfortavelmente visível da estrada Rowley e de lugares altos da própria cidade; mas talvez se pudesse rastejar discretamente pela vegetação rasteira. De qualquer forma, seria minha única chance de libertação, e não havia nada a fazer a não ser tentar.

Enfiado no interior do vestíbulo de meu abrigo abandonado, consultei uma vez mais o mapa do menino da mercearia com a ajuda da lanterna. O problema imediato era como chegar à antiga ferrovia; e agora vi que o caminho mais seguro era adiante para a Babson Street, depois para o oeste até Lafayette —

contornando, mas não cruzando um espaço aberto homólogo ao que eu havia atravessado — e depois voltando para o norte e para o oeste em uma linha em ziguezague pela Lafayette, Bates, Adams e Bank Street — esta última contornando o desfiladeiro do rio até a estação abandonada e em ruínas que eu tinha visto da minha janela. Minha razão para seguir em frente até Babson era que eu não desejava voltar a cruzar o espaço aberto anterior nem começar meu curso para o oeste por uma rua transversal tão larga quanto o sul.

Começando mais uma vez, atravessei a rua para o lado direito para dar a volta na Babson o mais discretamente possível. Os ruídos ainda continuavam na Federal Street e, quando olhei para trás, pensei ter visto um brilho de luz perto do prédio pelo qual eu havia escapado. Ansioso para deixar a Washington Street, comecei um trote calmo, confiando na sorte para não encontrar nenhum olhar observador. Perto da esquina da Babson Street, vi, alarmado, que uma das casas ainda estava habitada, como atestava as cortinas da janela; mas não havia luzes lá dentro, e passei por ela sem problemas.

Na Babson Street, que cruzava a Federal e assim poderia me revelar aos buscadores, agarrei-me o máximo possível aos prédios caídos e irregulares; duas vezes parando em uma porta enquanto os ruídos atrás de mim aumentavam momentaneamente. O espaço aberto à frente brilhava amplo e desolado sob a lua, mas minha rota não me obrigaria a atravessá-lo. Durante minha segunda pausa, comecei a detectar uma nova distribuição dos sons vagos; e, ao olhar cautelosamente para fora do esconderijo, avistei um automóvel disparando pelo espaço aberto, seguindo pela Eliot Street, que ali cruza Babson e Lafayette.

Enquanto observava — sufocado por um súbito aumento do odor de peixe após uma breve redução —, vi um bando de formas toscas agachadas galopando e cambaleando na mesma direção; e sabia que aquele devia ser o grupo que guardava a estrada de Ipswich, já que aquela estrada formava uma extensão da Eliot Street. Duas das figuras que vislumbrei estavam em vestes volumosas, e uma usava um diadema pontiagudo que brilhava branco ao luar. O andar dessa figura era tão estranho que me deu um calafrio — pois me parecia que a criatura estava quase saltitando.

Quando o último membro do grupo estava fora de vista, retomei meu progresso; virando a esquina para a Lafayette Street e atravessando a Eliot muito apressadamente, com receio que os retardatários do grupo ainda estivessem avançando por aquela via. Ouvi alguns grasnados e estrépitos ao longe, em direção à Praça da Cidade, mas realizei a passagem sem desastre. Meu maior medo era cruzar novamente a ampla e enluarada South Street — com sua vista para o mar — e eu tive que me preparar para a provação. Alguém poderia facilmente estar olhando, e os possíveis retardatários da Eliot Street não poderiam deixar de me vislumbrar de qualquer um dos dois pontos. No último momento, decidi que era melhor afrouxar meu trote e fazer a travessia como antes, no andar cambaleante de um nativo médio de Innsmouth.

Quando a visão da água se abriu novamente — desta vez à minha direita — eu estava determinado a não olhar para ela. Não pude, porém, resistir; mas lancei um olhar de soslaio enquanto eu cuidadosa e imitativamente cambaleava em direção às sombras protetoras à frente. Não havia nenhum navio visível, como eu esperava que houvesse. Em vez disso, a primeira coisa que me chamou a atenção foi um pequeno barco a remo chegando ao cais abandonado e carregado com algum objeto volumoso coberto de lona. Seus remadores, embora vistos à distância e indistintamente, tinham um aspecto especialmente repulsivo. Pude distinguir ainda vários nadadores e ver, sobre o recife escuro distante, um clarão fraco distinto do facho intermitente de antes, cuja tonalidade bizarra não poderia precisar. Por sobre os telhados oblíquos à frente e à direita, erguia-se a alta cúpula de Gilman House inteiramente às escuras. O cheiro de peixe que uma brisa piedosa havia dispersado por um momento recrudescera de novo com intensidade.

Eu ainda não tinha atravessado a rua quando ouvi um bando resmungando e avançando ao longo de Washington, vindo do norte. Quando chegaram ao amplo espaço aberto onde tive meu primeiro vislumbre inquietante da água enluarada, pude vê-los claramente a apenas um quarteirão de distância — e fiquei horrorizado com a anormalidade bestial de seus rostos e a sub-humanidade canina de seu andar encurvado. Um homem movia-se de maneira positivamente simiesca, com braços compridos tocando frequentemente o chão; enquanto outra figura — de manto e tiara — parecia progredir de maneira quase saltitante. Julguei que este grupo fosse o que eu tinha visto no pátio da Gilman House — o que, portanto, estava mais perto de mim. Quando algumas das figuras se voltaram para olhar em minha direção, fiquei paralisado de medo, mas consegui preservar o andar casual e trôpego que havia assumido. Até hoje não sei se me viram ou não. Se o fizeram, meu estratagema deve tê-los enganado, pois atravessaram o espaço enluarado sem mudar de rumo — enquanto grasnando e tagarelando em algum patoá gutural odioso que não consegui identificar.

Mais uma vez na sombra, retomei meu antigo trote de cachorro pelas casas inclinadas e decrépitas que olhavam fixamente para a noite. Depois de atravessar para a calçada oeste, dobrei a esquina mais próxima na Bates Street, onde me mantive perto dos prédios do lado sul. Passei por duas casas que mostravam sinais de habitação, uma das quais tinha luzes fracas nos quartos superiores, mas não encontrei nenhum obstáculo. Ao virar na Adams Street, me senti mais seguro, mas levei um choque quando um homem saiu cambaleando de uma porta preta bem na minha frente. Ele estava muito bêbado para ser uma ameaça; de modo que cheguei às ruínas sombrias dos armazéns da Bank Street em segurança.

Ninguém se movia naquela rua morta ao lado da garganta do rio, e o rugido das cachoeiras abafava meus passos. Foi um longo trote até a estação em ruínas, e as grandes paredes de tijolos do armazém ao meu redor pareciam de alguma forma mais aterrorizantes do que as fachadas das casas particulares. Por fim, vi a antiga estação com arcadas — ou o que restava dela — e fui direto para os trilhos que começavam na extremidade mais distante.

Os trilhos estavam enferrujados, mas principalmente intactos, e não mais da metade dos dormentes havia apodrecido. Andar ou correr em tal superfície era muito difícil; mas fiz o meu melhor e, no geral, fiz um tempo muito justo. Por alguma distância, a linha continuou ao longo da beira do desfiladeiro, mas por fim cheguei à longa ponte coberta, onde cruzava o abismo a uma altura vertiginosa. A condição desta ponte determinaria meu próximo passo. Se humanamente possível, eu a usaria; se não, eu teria que arriscar mais vagando pelas ruas e pegar a ponte rodoviária intacta mais próxima.

A vasta extensão semelhante a um celeiro da velha ponte brilhava ao luar, e vi que as amarras estavam seguras por pelo menos alguns metros. Entrando, comecei a usar minha lanterna e quase fui derrubado pela nuvem de morcegos que passou voando por mim. Na metade do caminho havia uma perigosa fenda nas amarras que, por um momento, temi que me detivesse; mas no final arrisquei um salto desesperado que felizmente deu certo.

Fiquci feliz em ver o luar novamente quando emergi daquele túnel macabro. Os velhos trilhos cruzavam a River Street em desnível e logo depois dobravam para uma região cada vez mais rural onde o abominável fedor de peixe de Innsmouth ia-se desfazendo. Ali, o denso crescimento de ervas daninhas e sarças me impediu e cruelmente rasgou minhas roupas, mas eu não estava menos feliz por eles estarem lá para me esconder em caso de perigo. Eu sabia que grande parte da minha rota devia ser visível da estrada Rowley.

A região pantanosa começou muito em breve, com a pista única em um aterro baixo e gramado, onde o crescimento de ervas daninhas era um pouco mais fino. Depois veio uma espécie de ilha de terreno mais alto, onde a linha passava por um corte raso e aberto cheio de arbustos e silvas. Fiquei muito feliz com este abrigo parcial, já que neste ponto a estrada Rowley estava desconfortavelmente próxima de acordo com a minha visão da janela. No final do corte, ele cruzaria a pista e desviaria para uma distância mais segura; mas, enquanto isso, eu devia ser extremamente cuidadoso. A essa altura, eu estava felizmente certo de que a ferrovia em si não era patrulhada.

Pouco antes de entrar no trecho escavado, olhei para trás, mas não percebi nenhum seguidor. Os antigos pináculos e telhados da decadente Innsmouth brilhavam adoráveis e etéreos ao mágico luar amarelo, e eu pensei em como eles deviam ter parecido nos velhos tempos, antes do cair da sombra. Então, enquanto meu olhar circulava para o interior da cidade, algo menos tranquilo chamou minha atenção e me manteve imóvel por um segundo.

O que vi — ou imaginei ter visto — foi uma perturbadora sugestão de movimento ondulante bem ao sul; uma sugestão que me fez concluir que uma horda muito grande devia estar saindo da cidade ao longo da estrada plana de Ipswich. A distância era grande e eu não conseguia distinguir nada em detalhes; mas não gostei nada da aparência daquela coluna em movimento. Ondulava demais e brilhava muito forte nos raios da lua agora poente. Havia um leve som, também, embora o vento estivesse soprando para o outro lado — uma sugestão de raspagem bestial e berros ainda piores do que os murmúrios dos grupos que eu ouvira recentemente.

Todos os tipos de conjecturas desagradáveis passaram pela minha cabeça. Pensei naqueles tipos extremos de Innsmouth que diziam estar escondidos em tocas centenárias e decadentes perto da orla. Pensei também naqueles nadadores sem nome que eu tinha visto. Contando os grupos até agora vislumbrados, bem como aqueles que supostamente cobrem outras estradas, o número de meus perseguidores deve ser estranhamente grande para uma cidade tão despovoada quanto Innsmouth.

De onde poderia vir o denso pessoal de uma coluna como eu agora via? Essas antigas e insondáveis tocas fervilhavam com uma vida distorcida, não catalogada e insuspeitada? Ou algum navio invisível de fato desembarcou uma legião de forasteiros desconhecidos naquele recife infernal? Quem eram eles? Por que eles estavam lá? E se tal coluna deles estivesse vasculhando a estrada de Ipswich, as patrulhas nas outras estradas seriam igualmente aumentadas?

Eu tinha entrado na abertura de terreno coberta de mato e progredia com grande dificuldade quando aquele maldito fedor de peixe se impôs uma vez mais. O vento mudou de repente para o leste, de modo que soprou do mar e sobre a cidade? Deve ter sido, concluí, já que agora comecei a ouvir murmúrios guturais chocantes daquela direção até então silenciosa. Houve outro som também — uma espécie de pancada ou batida colossal que de alguma forma evocava imagens do tipo mais detestável. Isso me fez pensar ilogicamente naquela coluna desagradavelmente ondulada na distante estrada de Ipswich.

E então o fedor e os sons ficaram mais fortes, de modo que parei, agradecido pela proteção que o corte do terreno me proporcionava. Foi ali, eu me lembrei, que a estrada Rowley se aproximava da velha ferrovia antes de cruzar para o oeste e divergir. Alguma coisa estava vindo por aquela estrada, e eu devia permanecer abaixado até sua passagem e desaparecimento na distância. Graças a Deus essas criaturas não empregavam cães para rastrear, embora talvez isso fosse impossível em meio ao odor regional onipresente. Agachado nos arbustos daquela fenda arenosa eu me sentia razoavelmente seguro, mesmo sabendo que os buscadores teriam que cruzar a trilha à minha frente a não muito mais de cem metros de distância. Eu poderia vê-los, mas eles não podiam, exceto por um milagre maligno, me ver.

De repente, comecei a temer olhar para eles enquanto passavam. Vi o espaço enluarado próximo por onde eles passariam e tive pensamentos curiosos sobre a poluição irremediável daquele espaço. Eles talvez fossem os piores de todos os tipos de Innsmouth — algo que ninguém gostaria de lembrar.

O fedor se tornou insuportável, e os ruídos aumentaram para uma babel bestial de coaxos, latidos e grunhidos sem a menor sugestão de fala humana. Seriam estas de fato as vozes de meus perseguidores? Afinal, eles tinham cachorros? Até agora eu não tinha visto nenhum dos animais inferiores em Innsmouth. Era monstruoso aquele tropel — eu não poderia olhar para as criaturas degeneradas que o causavam. Manteria os olhos fechados até o som diminuir para as bandas do oeste. A horda estava muito perto agora — o ar estava sujo com seus rosnados roucos e o chão quase tremendo com seus passos ritmados de alienígenas. Minha respiração quase parou, e eu coloquei toda a força de vontade na tarefa de manter minhas pálpebras para baixo.

Mesmo agora eu reluto em dizer se o que se passou foi um fato repugnante ou uma alucinação de pesadelo. A ação posterior do governo, após meus apelos frenéticos, tenderia a confirmá-la como uma verdade monstruosa; mas não poderia uma alucinação ter se repetido sob o feitiço quase hipnótico daquela cidade antiga, assombrada e sombria? Esses lugares têm propriedades estranhas, e o legado de lendas insanas pode muito bem ter atuado em mais de uma imaginação humana em meio àquelas ruas mortas e malditas pelo fedor e amontoados de telhados podres e campanários em ruínas. Não é possível que o germe de uma verdadeira loucura contagiosa espreite nas profundezas daquela sombra sobre Innsmouth? Quem pode ter certeza da realidade depois de ouvir coisas como a história do velho Zadok Allen? Os homens do governo nunca encontraram o pobre Zadok, e não tenho conjecturas a fazer sobre o que aconteceu com ele. Onde termina a loucura e começa a realidade? É possível que mesmo meu último medo seja pura ilusão?

Mas devo tentar descrever o que pensei ter visto naquela noite sob a zombeteira lua amarela — o desfile de toda uma coorte de criaturas que, realidade ou não, apareceu na estrada Rowley enquanto eu me agachava nos arbustos. Claro que minha resolução de manter meus olhos fechados falhou — pois quem poderia agachar-se cegamente enquanto uma legião de entidades coaxantes e latidos de origem desconhecida passava ruidosamente, a pouco mais de cem metros de distância?

Achei que estava preparado para o pior, e realmente deveria estar preparado, considerando o que tinha visto antes. Meus outros perseguidores tinham sido terrivelmente anormais — então eu não deveria estar pronto para enfrentar um fortalecimento do elemento anormal; olhar para formas nas quais não havia nenhuma mistura do normal? Eu não abri meus olhos até que o clamor estridente veio alto de um ponto obviamente bem à frente. Então eu sabia que uma longa seção deles devia estar claramente à vista, onde as laterais do corte se achatavam e a estrada cruzava a trilha — e eu não conseguia mais evitar experimentar qualquer horror que aquela lua amarela lasciva poderia ter para mostrar.

Foi o fim, para o que me resta de vida na superfície desta terra, de todo vestígio de paz mental e confiança na integridade da natureza e da mente humana. Nada do que eu pudesse ter imaginado — nada, mesmo, que eu pudesse ter reunido se tivesse dado crédito à história maluca do velho Zadok da maneira mais literal — seria de alguma forma comparável à realidade demoníaca e blasfema que vi — ou acredito que vi. Tentei insinuar o que era para adiar o horror de escrevê-lo descaradamente. É possível que este planeta tenha realmente gerado tais coisas; que os olhos humanos viram verdadeiramente, como carne objetiva, o que o homem conheceu até agora apenas na fantasia febril e na tênue lenda?

E, no entanto, eu os vi em um fluxo ilimitado — saltitando, grunhindo, coaxando, balindo — surgindo desumanamente através do luar espectral em uma sarabanda grotesca e maligna de pesadelo fantástico. E alguns deles tinham tiaras altas daquele metal branco-dourado sem nome... e alguns estavam estranhamente vestidos... e um deles, que liderava o caminho, estava vestido com um macacão preto e calças listradas, e tinha um chapéu de feltro masculino empoleirado na coisa disforme que respondia por uma cabeça.

Acho que a cor predominante era um verde-acinzentado, embora tivessem barrigas brancas. Eles eram principalmente brilhantes e escorregadios, mas as cristas de suas costas eram escamosas. Suas formas sugeriam vagamente um antropoide, enquanto suas cabeças eram cabeças de peixes, com prodigiosos olhos esbugalhados que nunca se fechavam. Nas laterais de seus pescoços havia brânquias palpitantes e suas longas patas estavam palmadas. Saltavam irregularmente, às vezes sobre duas pernas e às vezes sobre quatro. Eu estava de alguma forma feliz que eles não tinham mais do que quatro membros. Suas vozes coaxantes, claramente eram usadas para fala articulada, continham todos os tons escuros de expressão que faltavam em seus rostos.

Mas, apesar de toda a sua monstruosidade, eles não eram estranhos para mim. Eu sabia muito bem o que deviam ser, pois a lembrança daquela tiara maligna em Newburyport ainda estava fresca? Eram os blasfemos sapos-peixe do abominável desenho — vivos e horríveis — e, ao vê-los, também soube o que aquele padre corcunda e com tiaras no porão da igreja tinha me lembrado tão assustadoramente. O número deles estava além da adivinhação. Parecia-me que havia enxames ilimitados deles — e certamente meu vislumbre momentâneo só poderia mostrar a menor fração. Em outro instante, tudo foi apagado por um misericordioso ataque de desmaio, o primeiro da minha vida.

V.

Foi uma leve chuva diurna que me acordou do meu estupor no corte da estrada de ferro coberta de arbustos, e quando cambaleei para a estrada à frente não vi nenhum vestígio de qualquer pegada na lama fresca. O odor de peixe também havia desaparecido. Os telhados em ruínas de Innsmouth e as torres tombadas emergiam cinzentas em direção ao sudeste, mas nenhuma criatura viva eu espiei em todos os pântanos salgados desolados ao redor. Meu relógio ainda estava funcionando, informando que já passava do meio-dia.

A realidade do que eu tinha passado era altamente incerta em minha mente, mas senti que algo horrível estava em segundo plano. Deveria me afastar da sombra do mal de Innsmouth — e, portanto, comecei a testar meus poderes de locomoção apertados e cansados. Apesar da fraqueza, fome, horror e perplexidade, depois de muito tempo me encontrei capaz de andar; então comecei devagar ao longo da estrada lamacenta para Rowley. Antes do anoitecer eu estava na vila, fazendo uma refeição e me vestindo com roupas apresentáveis. Peguei o trem noturno para Arkham e no dia seguinte conversei longa e seriamente com funcionários do governo de lá, um processo que repeti mais tarde em Boston. Com o resultado principal desses colóquios o público já está familiarizado — e eu gostaria, para o bem da normalidade, que não houvesse mais nada para contar.

Como se pode imaginar, desisti da maioria dos meus planos de viagem anteriores — as diversões cênicas, arquitetônicas e antiquárias com as quais eu contava tanto. Nem me atrevi a procurar aquela estranha joia que dizem estar no Museu da Universidade Miskatonic. No entanto, aproveitei minha estadia em Arkham coletando algumas notas genealógicas que há muito desejava possuir; dados muito grosseiros e apressados, é verdade, mas capazes de um bom uso mais tarde, quando eu tiver tempo para conferi-los e codificá-los. O curador da sociedade histórica de lá, o Sr. E. Lapham Peabody, foi muito cortês em me ajudar e expressou um interesse incomum quando lhe disse que era neto de Eliza Orne de Arkham, que nasceu em 1867 e se casou com James Williamson de Ohio aos dezessete anos.

Parecia que um tio materno meu estivera lá muitos anos antes em uma missão bem parecida com a minha; e que a família da minha avó era um assunto de alguma curiosidade local. Houve, disse o Sr. Peabody, uma discussão considerável sobre o casamento de seu pai, Benjamin Orne, logo após a Guerra Civil; já que a ascendência da noiva era peculiarmente intrigante. Essa noiva foi considerada uma órfã Marsh de New Hampshire — uma prima dos Marshes do Condado de Essex —, mas sua educação foi na França e ela sabia muito pouco de sua família. Um guardião havia depositado fundos em um banco de Boston para manter ela e sua governanta francesa; mas o nome daquele guardião não era familiar ao povo de Arkham, e com o tempo ele sumiu de vista, de modo que a governanta assumiu seu papel por indicação do tribunal. A francesa — já morta há muito tempo — era muito taciturna, e havia quem dissesse que ela poderia ter contado mais do que contou.

Mas a coisa mais desconcertante foi a incapacidade de alguém colocar os pais registrados da jovem — Enoch e Lydia (Meserve) Marsh — entre as famílias conhecidas de New Hampshire. Possivelmente, muitos sugeriram, que ela era a filha natural de algum Marsh de destaque — ela certamente tinha os verdadeiros olhos de Marsh. A maior parte da intriga começou após sua morte precoce, que ocorreu no nascimento de minha avó — sua única filha. Tendo formado algumas impressões desagradáveis relacionadas com o nome de Marsh, não aceitei a notícia de que pertencia à minha própria árvore ancestral; nem fiquei satisfeito com a sugestão do Sr. Peabody de que eu mesmo tinha os verdadeiros olhos de Marsh. No entanto, fiquei grato pelos dados que sabia que seriam valiosos; fiz copiosas anotações e listas de referências em livros sobre a bem documentada família Orne.

Fui direto de Boston para Toledo e depois passei um mês em Maumee me recuperando de minha provação. Em setembro, ingressei em Oberlin para meu último ano, e desde então até junho seguinte estive ocupado com estudos e outras atividades saudáveis, lembrando o terror passado apenas nas visitas ocasionais de autoridades relacionadas à campanha que meus apelos e evidências haviam desencadeado. Em meados de julho, apenas um ano depois da experiência de Innsmouth, passei uma semana com a família de minha falecida mãe em Cleveland; verificando alguns dos meus novos dados genealógicos com as várias notas, tradições e pedaços de material de herança que existem lá, e vendo que tipo de gráfico conectado eu poderia construir.

Eu não gostava exatamente da tarefa, pois a atmosfera da casa dos Williamson sempre me deprimia. Havia uma certa morbidez ali, e minha mãe nunca me incentivou a visitar os pais dela quando criança, embora sempre recebesse bem o pai quando ele vinha a Toledo. Minha avó, nascida em Arkham, parecia estranha e quase aterrorizante para mim, e acho que não chorei quando ela desapareceu. Eu tinha oito anos na época e diziam que ela vivia delirando de tristeza após o suicídio de meu tio Douglas, seu filho mais velho. Ele havia se suicidado depois de uma viagem à Nova Inglaterra — a mesma viagem, sem dúvida, que o levou a ser chamado de volta à Sociedade Histórica de Arkham.

Esse tio se parecia com ela, e eu também nunca gostei dele. Algo sobre a expressão fixa e sem piscar de ambos me dava uma inquietação vaga e inexplicável. Minha mãe e meu tio Walter não eram assim. Eles eram como o pai, embora o pobre primo Lawrence, filho de Walter, tivesse sido uma duplicata quase perfeita de sua avó antes de sua condição o levar para a reclusão permanente em um hospício de Canton. Eu não o via há quatro anos, mas uma vez ele deu a entender que seu estado, tanto mental quanto físico, era muito ruim. Essa preocupação provavelmente foi a principal causa da morte de sua mãe dois anos antes.

Meu avô e seu filho viúvo Walter agora compunham a casa de Cleveland, mas a memória dos tempos antigos pairava pesadamente sobre ela. Eu ainda não gostava do lugar e tentei fazer minhas pesquisas o mais rápido possível. Registros e tradições de Williamson foram fornecidos em abundância por meu avô; embora para o material de Orne eu tivesse que depender de meu tio Walter, que colocou à minha disposição o conteúdo de todos os seus arquivos, incluindo notas, cartas, recortes, heranças, fotografias e miniaturas.

Foi examinando as cartas e as fotos do lado dos Ornes que comecei a adquirir uma espécie de terror de minha própria ascendência. Como já disse, minha avó e meu tio Douglas sempre me perturbaram. Agora, anos depois de terem morrido, eu olhava para seus rostos retratados com um sentimento elevado de repulsa e alienação. A princípio eu não conseguia entender a mudança, mas aos poucos um tipo horrível de comparação começou a se impor em minha mente inconsciente, apesar da firme recusa de minha consciência em admitir até mesmo a menor suspeita disso. Ficou claro que a expressão típica desses rostos agora sugeria algo que não havia sugerido antes — algo que causaria pânico absoluto se pensado muito abertamente.

Mas o pior choque veio quando meu tio me mostrou as joias dos Ornes em um cofre no centro da cidade. Algumas peças eram delicadas e inspiradoras, mas havia uma caixa com velhas peças exóticas que meu tio relutou em me mostrar. Elas eram, disse ele, de desenho muito grotesco e quase repulsivo, e nunca tinham sido usadas publicamente; embora minha avó gostasse de olhar para elas. Vagas lendas de má sorte se aglomeravam em torno delas, e a governanta francesa de minha bisavó havia dito que não deveriam ser usadas na Nova Inglaterra, embora fosse bastante seguro usá-las na Europa.

Quando meu tio começou lenta e relutantemente a desembrulhar as coisas, ele me pediu para não ficar chocado com a estranheza e horror repulsivos dos desenhos. Artistas e arqueólogos que os viram consideraram o trabalho superlativo e exoticamente requintado, embora ninguém parecesse capaz de definir seu material exato ou atribuí-lo a qualquer tradição artística específica. Havia dois braceletes, uma tiara e uma espécie de peitoral; este último tendo em alto relevo certas figuras de extravagância quase insuportável.

Durante essa descrição, mantive um controle rígido sobre minhas emoções, mas meu rosto deve ter revelado meus medos crescentes. Meu tio parecia preocupado e parou de desembrulhar para estudar meu semblante. Dei-lhe sinal para continuar, o que ele fez com renovados sinais de relutância. Ele parecia esperar alguma demonstração quando a primeira peça — a tiara — se tornou visível, mas duvido que ele esperasse o que realmente aconteceu. Eu também não esperava isso, pois pensei que estava completamente avisado sobre o que a joia viria a ser. O que fiz foi desmaiar silenciosamente, assim como tinha feito naquela ferrovia cheia de sarças um ano antes.

Daquele dia em diante, minha vida foi um pesadelo de meditação e apreensão, nem sei o quanto é verdade hedionda e o quanto é loucura. Minha bisavó tinha sido uma Marsh de origem desconhecida cujo marido morava em Arkham — e o velho Zadok não disse que a filha de Obed Marsh com uma mãe monstruosa se casou com um homem de Arkham por enganação? O que o velho beberrão havia murmurado sobre a semelhança dos meus olhos com os do capitão Obed? Em Arkham, também, o curador me disse que eu tinha os verdadeiros olhos de Marsh. Obed Marsh era meu tataravô? Quem — ou o quê — então, era minha tataravó? Mas talvez tudo isso fosse loucura. Aqueles ornamentos de ouro esbranquiçado poderiam facilmente ter sido comprados de algum marinheiro de Innsmouth pelo pai de minha bisavó, quem quer que fosse. E aquele olhar nos rostos arregalados de minha avó e meu tio que se mataram pode ser pura fantasia da minha parte, reforçada pela sombra de Innsmouth que coloriu tão sombriamente minha imaginação. Mas por que meu tio se matou depois de uma busca ancestral na Nova Inglaterra?

Por mais de dois anos, lutei contra essas reflexões com sucesso parcial. Meu pai me garantiu um lugar em um escritório de seguros, e eu mergulhei na rotina o mais profundamente possível. No inverno de 1930-31, porém, os sonhos começaram. Eles eram muito esparsos e insidiosos no início, mas aumentaram em frequência e vivacidade com o passar das semanas. Grandes espaços aquáticos se abriram diante de mim, e eu parecia vagar por pórticos afundados titânicos e labirintos de paredes ciclópicas cobertas de ervas daninhas com peixes grotescos como meus companheiros. Então as outras formas começaram a aparecer, enchendo-me de horror sem nome no momento em que acordei. Mas durante os sonhos eles não me horrorizaram absolutamente — eu era um deles; usando seus adornos inumanos, pisando em seus caminhos aquosos e rezando monstruosamente em seus templos malignos no fundo do mar.

Havia muito mais do que eu conseguia lembrar, mas mesmo o que eu lembrava todas as manhãs seria suficiente para me rotular como um louco ou um gênio, se eu ousasse algum dia escrever isso tudo. Alguma influência assustadora, eu senti, estava procurando gradualmente me arrastar para fora do mundo são da vida saudável para abismos inomináveis de escuridão e alienação; e o processo me contou muito. Minha saúde e aparência pioraram cada vez mais, até que finalmente fui forçado a desistir de minha posição e adotar a vida estática e isolada de um inválido. Alguma estranha aflição nervosa me dominava, e às vezes me via quase incapaz de fechar os olhos.

Por volta dessa época, comecei a me estudar no espelho com ansiedade crescente. A lenta devastação da doença não é agradável de assistir, mas no meu caso havia algo mais sutil e intrigante como pano de fundo. Meu pai pareceu notar também, pois começou a me olhar com curiosidade e quase com medo. O que estava acontecendo comigo? Será que eu estava me parecendo com minha avó e meu tio Douglas?

Uma noite tive um sonho assustador em que encontrei minha avó no fundo do mar. Ela morava em um palácio fosforescente de muitos terraços, com jardins de estranhos corais leprosos e grotescas eflorescências submarinas, e me recebeu com um calor que pode ter sido sardônico. Ela havia mudado — como os que partem para a água mudam — e me disse que nunca havia morrido. Havia, isso sim, ido a um local de que seu falecido filho fora informado e saltara para um reino cujas maravilhas — destinadas a ele também — ele havia rejeitado com uma pistola fumegante. Esse deveria ser o meu reino também — eu não podia escapar dele. Eu nunca morreria, mas viveria com aqueles que viveram desde antes de o homem andar na Terra.

Encontrei também aquela que tinha sido sua avó. Por oitenta mil anos *Pth'thya-l'yi* viveu em *Y'ha-nthlei*, e para lá ela voltou depois que Obed Marsh morreu. *Y'ha-nthlei* não foi destruída quando os homens da terra superior a mataram a tiros no mar. Foi ferida, mas não destruída. Os Profundos nunca poderiam ser destruídos, mesmo que a magia paleogeana dos Primordiais pudesse às vezes detê-los. Por enquanto eles descansariam; mas algum dia, se eles se lembrassem, eles se levantariam novamente para o tributo que o Grande Cthulhu ansiava. Seria uma cidade maior do que Innsmouth da próxima vez. Eles planejaram se espalhar e trariam à tona o que os ajudaria, mas agora eles deveriam esperar mais uma vez. Por ter trazido a morte dos homens da terra superior, eu teria de fazer uma penitência, mas ela não seria muito pesada. Este foi o sonho em que eu vi um Shoggoth pela primeira vez, e a visão me fez despertar em um frenesi de gritos. Naquela manhã, o espelho me informou definitivamente que eu havia adquirido o aspecto de Innsmouth.

Até agora não atirei em mim mesmo como meu tio Douglas fez. Comprei uma arma e quase dei o passo, mas certos sonhos me dissuadiram. Os extremos tensos do horror estão diminuindo, e me sinto estranhamente atraído pelas profundezas do mar desconhecido em vez de temê-las. Ouço e faço coisas estranhas durante o sono e acordo com uma espécie de exaltação em vez de terror. Não acredito que precise esperar pela mudança completa, como a maioria esperou. Se eu fizesse isso, meu pai provavelmente me trancaria em um sanatório como meu pobre priminho está trancado. Esplendores estupendos e inauditos me esperam lá embaixo, e eu os procurarei em breve. *IäR'lyeh! Cthulhu fhtagn! Iä Iä*! Não, eu não me matarei, não estou destinado ao suicídio!

Planejarei a fuga do meu primo daquele hospício de Cantan e juntos iremos para Innsmouth às sombras das maravilhas. Nadaremos até aquele recife sombrio no mar e mergulharemos através de abismos negros até a ciclópica *Y'ha-nthlei* de muitas colunas, e naquele covil dos Profundos habitaremos em meio à maravilha e glória para sempre.

OS RATOS NA PAREDE (1923)

Em 16 de julho de 1923, mudei-me para o Priorado de Exham depois que o último operário terminou seu trabalho. A restauração fora uma tarefa estupenda, pois pouco restara da pilha deserta além de uma ruína em forma de concha; no entanto, por ter sido a sede de meus ancestrais, não deixei que nenhuma despesa me detivesse. O lugar não era habitado desde o reinado de James I, quando uma tragédia de natureza intensamente hedionda, embora em grande parte inexplicável, abateu o mestre, cinco de seus filhos e vários servos; e expulsara sob uma nuvem de suspeita e terror o terceiro filho, meu progenitor linear e o único sobrevivente da abominável linhagem. Com este único herdeiro denunciado como assassino, a propriedade revertera à coroa, e o acusado não fez qualquer tentativa de se desculpar ou recuperar sua propriedade.

O Priorado de Exham permaneceu desabitado, embora mais tarde atribuído às propriedades da família Norrys e muito estudado por causa de sua arquitetura composta de modo peculiar; uma arquitetura envolvendo torres góticas assentes sobre uma subestrutura saxã ou românica, cuja fundação, por sua vez, era de uma ordem ou mistura de ordens ainda anterior — romana, e até mesmo druídica ou nativa do País de Gales, se as lendas são verdadeiras. Essa fundação era singular, fundindo-se de um lado com o sólido calcário do precipício acima do qual o convento se elevava sobre um vale desolado três milhas a oeste da aldeia de Anchester. Arquitetos e antiquários adoravam examinar essa estranha relíquia esquecida, mas os camponeses a odiavam. Eles a tinham odiado centenas de anos antes, quando meus ancestrais moravam lá, e a odiavam agora, com o musgo e o mofo do abandono. Ainda não fazia um dia que eu estava em Anchester antes de saber que vinha de uma casa amaldiçoada. E nesta semana os trabalhadores explodiram o Priorado de Exham, e estavam ocupados destruindo os vestígios de suas fundações.

As estatísticas básicas de minha ascendência eu sempre soubera, junto ao fato de que meu primeiro ancestral americano chegara às colônias sob uma nuvem estranha. Quanto aos detalhes, porém, eu era totalmente ignorante pela política de reticência sempre mantida pelos Delapores. Ao contrário de nossos vizinhos fazendeiros, raramente nos vangloriamos de ancestrais que participaram das cruzadas ou outros heróis medievais e renascentistas; nem foi transmitida qualquer tradição, exceto o que pode ter sido registrado no envelope lacrado deixado antes da Guerra Civil por cada escudeiro ao filho mais velho para que fosse aberto postumamente. As glórias que prezávamos eram as conquistadas desde a migração; as glórias de uma linhagem orgulhosa e honrada, embora um tanto reservada e antissocial, da Virgínia.

Durante a guerra nossas fortunas se extinguiram e toda a nossa existência mudou devido ao incêndio de Carfax, nossa casa às margens do rio James. Meu avô perecera naquele incêndio criminoso, e com ele o envelope que nos ligava ao passado. Lembro-me daquele incêndio hoje como o vi aos sete anos de idade, com os soldados federais gritando, as mulheres berrando e os negros uivando e rezando. Meu pai estava no Exército, defendendo Richmond, e depois de muitas formalidades, minha mãe e eu passamos pelas filas para nos juntarmos a ele. Quando a guerra acabou, todos nos mudamos para o norte, de onde minha mãe tinha vindo; e cheguei à idade adulta, à meia-idade e à riqueza suprema como um impassível ianque. Nem meu pai nem eu soubemos o que nosso envelope hereditário continha, e, à medida que mergulhei no cinza da vida empresarial de Massachusetts, perdi todo o interesse pelos mistérios que evidentemente espreitavam bem longe na minha árvore genealógica. Se eu tivesse suspeitado de sua natureza, com que prazer teria deixado o Priorado de Exham com seus musgos, morcegos e teias de aranha!

Meu pai morreu em 1904, mas sem nenhuma mensagem para me deixar, ou para meu único filho, Alfred, um menino de dez anos, órfão de mãe. Foi esse menino que inverteu a ordem das informações da família; pois embora eu pudesse lhe dar apenas conjecturas frívolas sobre o passado, ele me escreveu sobre algumas lendas ancestrais muito interessantes, quando a última guerra o levou para a Inglaterra em 1917 como oficial da aviação. Aparentemente, os Delapores tinham uma história colorida e talvez sinistra, pois um amigo de meu filho, o capitão Edward Norrys, do Royal Flying Corps, morava perto da sede da família em Anchester e relatou algumas superstições camponesas que poucos romancistas poderiam igualar em selvageria e incredibilidade. O próprio Norrys, é claro, não os levou a sério; mas divertiam meu filho e lhe davam vasto material para as cartas que me escrevia. Foram essas lendas que me chamaram definitivamente a atenção à minha herança transatlântica e me fizeram comparar e restaurar o solar da família que Norrys mostrara a Alfred em seu pitoresco abandono, e se oferecera para o conseguir para ele por uma quantia surpreendentemente razoável, visto que seu tio era o atual proprietário.

Comprei o Priorado de Exham em 1918, mas quase imediatamente fui desviado de meus planos de restauração pelo retorno de meu filho como um inválido mutilado. Durante os dois anos que ele viveu não pensei em nada além de seu cuidado, tendo até colocado meu negócio sob a direção de sócios. Em 1921, eu era um industrial aposentado, sozinho e sem rumo certo na vida. Resolvi dedicar meus anos restantes com minha nova posse. Visitando Anchester em dezembro, fui recebido pelo capitão Norrys, um jovem gorducho e amável que se lembrava muito de meu filho e prometeu ajuda em obter plantas e anedotas para servirem de base à projetada restauração. Vi, sem emoção, o Priorado de Exham, uma confusão de ruínas medievais cambaleantes cobertas de líquens e favos de ninhos de gralhas, perigosamente empoleirados em um precipício, e despidas de assoalhos ou outros pertences internos além das paredes de pedra das torres.

À medida que fui recuperando aos poucos a imagem do edifício como estava quando meu antepassado o deixou, mais de três séculos antes, comecei a contratar trabalhadores para a reconstrução. Em todos os casos, fui forçado a sair da localidade imediata, pois os aldeões de Anchester tinham um medo e ódio quase inacreditável do lugar. Esse sentimento era tão grande que às vezes era comunicado aos trabalhadores de fora, causando inúmeras deserções; enquanto seu escopo parecia incluir tanto o priorado quanto sua antiga família.

Meu filho me dissera que o evitavam um pouco durante suas visitas porque era um de la Poer, e agora eu me via sutilmente isolado de todos por uma razão semelhante, até convencer os camponeses de quão pouco eu sabia sobre minha herança. Mesmo assim, eles não gostavam muito de mim, de modo que tive que coletar a maioria das tradições da aldeia através da mediação de Norrys. O que as pessoas não puderam perdoar, talvez, foi o fato de eu vir restaurar um símbolo tão abominável para elas; pois, racionalmente ou não, eles viam o Priorado de Exham como nada menos do que um refúgio de demônios e lobisomens.

Reunindo as histórias que Norrys coletou para mim e complementando-as com os relatos de vários sábios que estudaram as ruínas, deduzi que o Priorado de Exham ficava no local de um templo pré-histórico; uma coisa druídica ou antidruídica que deve ter sido contemporânea de Stonehenge. Que ritos indescritíveis haviam sido celebrados ali, poucos duvidavam; e havia histórias desagradáveis sobre a transferência desses ritos para o culto a Cibele que os romanos haviam introduzido. Inscrições ainda visíveis no subsolo traziam letras inconfundíveis como "DIV ... OPS...

MAGNA. MAT..." sinal da Magna Mater cujo culto obscuro já foi em vão proibido aos cidadãos romanos. Anchester tinha sido o acampamento da terceira legião de Augusto, como muitos restos atestam, e dizia-se que o templo de Cibele era esplêndido e repleto de adoradores que realizavam cerimônias anônimas por ordem de um sacerdote frígio. As fábulas acrescentavam que a queda da antiga religião não acabara com as orgias no templo, mas que os sacerdotes viveram na nova fé sem mudanças reais. Também se dizia que os ritos não desapareceram com o poder romano, e que alguns dos saxões trataram de ampliar o que restava do templo e lhe deram o contorno essencial que posteriormente conservou, tornando-o o centro de um culto temido durante várias gerações. Por volta de 1000 d.C., o local foi mencionado em uma crônica como sendo um importante convento de pedra que abrigava uma estranha e poderosa ordem monástica e era cercado por extensos jardins que não precisavam de muros para excluir uma população assustada. Nunca foi destruído pelos dinamarqueses, embora depois da conquista normanda deva ter declinado tremendamente; pois não houve impedimento quando Henrique III concedeu o local ao meu ancestral, Gilbert de la Poer, primeiro barão de Exham, em 1261.

Da minha família antes desta data não há notícia difamatória, mas algo estranho deve ter acontecido na época. Em uma crônica há uma referência a um De la Poer como "amaldiçoado de Deus" em 1307, enquanto as lendas da vila não tinham nada além de um medo maligno e frenético para contar sobre o castelo que foi erguido sobre as fundações do antigo templo e convento. As histórias à beira da lareira eram das mais horríveis, ainda mais sinistras por causa de sua essência temerosa, enigmática e evasiva. Eles representavam meus ancestrais como uma raça de demônios hereditários, ao lado dos quais Gilles de Retz e o Marquês de Sade pareceriam os verdadeiros tiranos, e insinuavam sussurrando sua responsabilidade pelo desaparecimento ocasional de aldeões ao longo de várias gerações.

Os piores membros, aparentemente, eram os barões e seus herdeiros diretos. Ao menos muito se murmurava a respeito disso. Quando demonstrava melhor inclinação, dizia-se, o herdeiro morreria cedo e misteriosamente para dar lugar a outro descendente mais típico. Parecia haver um culto interno na família, presidido pelo chefe da casa, e às vezes fechado, exceto para alguns membros. O temperamento, mais do que a ascendência, era evidentemente a base desse culto, pois foi introduzido por vários que se casaram na família. Lady Margaret Trevor da Cornualha, esposa de Godfrey, o segundo filho do quinto barão, tornou-se o ser imaginário que assustava as crianças em todo o campo, e a heroína demoníaca de uma velha balada ainda não desaparecida na fronteira galesa. Preservada na forma de baladas do mesmo modo, embora não ilustre o mesmo ponto, ficou a história de dona Mary de la Poer, que pouco depois de seu casamento com o conde de Shrewsfield foi morta por ele e pela mãe dele, tendo ambos os assassinos sido absolvidos e abençoados pelo padre a quem confessaram o que não ousaram revelar ao mundo.

Esses mitos e baladas, típicos de superstição grosseira, causavam em mim grande abominação. Sua persistência e sua aplicação a uma linha tão longa de meus ancestrais eram especialmente irritantes; enquanto as imputações de hábitos monstruosos provaram desagradavelmente reminiscências do único escândalo conhecido de meus antepassados imediatos — o caso de meu primo, o jovem Randolph Delapore de Carfax, que foi para o meio dos negros e se tornou um padre vodu depois que voltou da Guerra do México.

Fiquei muito menos perturbado com as histórias mais vagas de lamentos e uivos no vale árido e varrido pelo vento sob o penhasco de calcário; do fedor do cemitério após as chuvas da primavera; da coisa branca que se debateu e guinchou sobre a qual o cavalo de Sir John Clave pisou uma noite em um campo solitário; e do servo que enlouqueceu com o que viu no convento em plena luz do dia. Essas coisas eram folclore espectral banal, e eu era naquele momento um cético pronunciado. Os relatos de camponeses desaparecidos eram menos descartáveis, embora não especialmente significativos em vista do costume medieval. A curiosidade intrometida significava a morte, e mais de uma cabeça decepada havia sido mostrada publicamente nos bastiões, agora apagados, ao redor do Priorado de Exham.

Algumas das histórias eram extremamente pitorescas e me fizeram desejar ter aprendido mais sobre mitologia comparada na minha juventude. Havia, por exemplo, a crença de que uma legião de demônios com asas de morcego guardava o Sabá das Bruxas todas as noites no priorado — uma legião cujo sustento poderia explicar a abundância desproporcional de vegetais grosseiros colhidos nos vastos jardins. E, o mais vívido de tudo, havia o épico dramático dos ratos — o exército em fuga de parasitas sujos que irrompeu do castelo três meses depois da tragédia que o condenou à deserção — o exército magro, imundo e voraz que varreu tudo antes dele e devorava aves, gatos, cachorros, porcos, ovelhas e até dois infelizes seres humanos antes que sua fúria se esgotasse. Em torno desse exército de roedores inesquecível gira todo um ciclo separado de mitos, porque se espalhou entre as casas da aldeia e trouxe maldição e horror em seu caminho.

Tal era a sabedoria que me assaltava enquanto eu levava a cabo, com uma obstinação antiga, o trabalho de restaurar meu lar ancestral. Não se deve imaginar nem por um momento que essas histórias formaram meu principal ambiente psicológico. Por outro lado, fui constantemente elogiado e encorajado pelo capitão Norrys e pelos antiquários que me cercaram e ajudaram. Terminada a tarefa, mais de dois anos após o seu início, observei os grandes salões, paredes de lambris, tetos abobadados, janelas gradeadas e amplas escadarias com um orgulho que compensou plenamente a despesa prodigiosa da restauração. Todos os atributos da Idade Média foram reproduzidos com astúcia, e as peças novas combinaram perfeitamente com as paredes e fundações originais. A sede de meus pais estava completa, e eu ansiava por finalmente resgatar a fama local da linha que terminava em mim. Eu residiria aqui permanentemente e provaria que a casa de um De la Poer (pois eu havia adotado novamente a grafia original do nome) não precisa ser maligna. Meu conforto talvez tenha aumentado pelo fato de que, embora o Priorado de Exham fosse medievalmente equipado, seu interior era na verdade totalmente novo e livre de vermes e velhos fantasmas.

Como disse, mudei-me em 16 de julho de 1923. Minha casa consistia de sete criados e nove gatos, espécie pela qual cultivo um gosto particular. Meu gato mais velho, "Nigger-Man", tinha sete anos e veio comigo de minha casa em Bolton, Massachusetts; os outros eu acumulei enquanto vivia com a família do capitão Norrys durante a restauração do priorado. Durante cinco dias nossa rotina transcorreu com a maior placidez, meu tempo sendo gasto principalmente na codificação de antigos dados familiares. Eu já havia obtido alguns relatos muito circunstanciais da tragédia final e da fuga de Walter de la Poer, que concebi como sendo o provável conteúdo do papel hereditário perdido no incêndio de Carfax. Parece que meu antepassado foi acusado com muita razão de ter matado todos os outros membros de sua casa, exceto quatro criados que teriam sido seus cúmplices, durante o sono, cerca de duas semanas depois de uma chocante descoberta que transformara completamente seu comportamento, mas que, exceto por indução, ele não revelara, salvo, talvez, os criados que o ajudaram e depois desapareceram.

Essa matança deliberada, que incluía um pai, três irmãos e duas irmãs, foi amplamente tolerada pelos aldeões e tratada tão negligentemente pela lei que seu perpetrador escapou honrado, ileso e sem disfarce para a Virgínia; o sentimento geral sussurrado era que ele havia purgado a terra de uma maldição imemorial. Que descoberta havia desencadeado um ato tão terrível, eu mal podia conjecturar. Walter de la Poer devia saber há anos das histórias sinistras sobre sua família, de modo que esse material não poderia lhe dar um novo impulso. Teria ele, então, presenciado algum terrível rito antigo, ou tropeçado em algum símbolo assustador e revelador no convento ou em seus arredores? Ele tinha a fama de ter sido um jovem tímido e gentil na Inglaterra. Na Virgínia, ele parecia não tanto duro ou amargo quanto assediado e apreensivo.

Em 22 de julho ocorreu o primeiro incidente que, embora levemente descartado na época, assumiu um significado sobrenatural em relação a eventos posteriores. Era tão simples que era quase insignificante, e não poderia ter sido notado naquelas circunstâncias; pois deve ser lembrado que, como eu estava em um prédio praticamente novo, exceto pelas paredes, e cercado por uma equipe bem equilibrada de servidores, a apreensão teria sido absurda, apesar da localidade. O que mais tarde me lembrei é apenas isto: que meu velho gato preto, cujos humores eu conheço tão bem, estava sem dúvida alerta e ansioso a um ponto totalmente em desacordo com seu caráter natural. Ele perambulava de quarto em quarto, inquieto e perturbado, e farejava constantemente as paredes que faziam parte da antiga estrutura gótica.

No dia seguinte, um criado reclamou de inquietação entre todos os gatos da casa. Ele veio até mim em meu escritório, uma sala imponente a oeste no segundo andar, com arcos de vigas, painéis de carvalho preto e uma janela gótica tripla com vista para o penhasco de calcário e o vale desolado; e mesmo enquanto o ouvia eu podia ver o vulto de Nigger-Man se rastejando ao longo da parede oeste e arranhando os novos painéis que cobriam a pedra antiga. Eu disse ao homem que devia haver algum odor ou emanação singular da velha pedra, imperceptível aos sentidos humanos, mas afetando os delicados órgãos dos gatos mesmo através da nova madeira. Eu realmente acreditava nisso, e quando o sujeito sugeriu a presença de camundongos ou ratos, mencionei que não havia ratos ali há trezentos anos, e que mesmo os camundongos do campo das redondezas dificilmente podiam ser encontrados naquelas altas muralhas, onde nunca constou terem aparecido. Naquela tarde, visitei o capitão Norrys, e ele me garantiu que seria improvável que ratos do campo infestassem o priorado de maneira tão repentina e sem precedentes.

Naquela noite, dispensando como de costume um criado, retirei-me na câmara da torre oeste que havia escolhido como minha, acessada do escritório por uma escada de pedra e uma pequena galeria — a primeira parcialmente antiga, a última inteiramente restaurada. Esta sala era circular, muito alta, e sem lambris, sendo decorada com arras que eu mesmo havia escolhido em Londres. Vendo que Nigger-Man estava comigo, fechei a pesada porta gótica e retirei-me à luz das lâmpadas elétricas que tão habilmente falsificavam as velas, apagando finalmente a luz e afundando no dossel esculpido e coberto, com o venerável gato em seu lugar costumeiro em meus pés. Não puxei as cortinas, mas olhei para a estreita janela norte à minha frente. Havia uma suspeita de aurora no céu, e os delicados rendilhados da janela tinham uma silhueta agradável.

Em algum momento devo ter adormecido tranquilamente, pois me lembro de uma sensação distinta de deixar sonhos estranhos, quando o gato saltou violentamente de sua posição plácida. Eu o vi no fraco brilho da aurora, cabeça esticada para a frente, pés dianteiros em meus tornozelos e pés traseiros esticados para trás.

Ele estava olhando intensamente para um ponto na parede um pouco a oeste da janela, um ponto que a meu ver não tinha nada para marcá-lo, mas para o qual toda a minha atenção estava agora direcionada. E enquanto eu observava, eu sabia que Nigger-Man não estava agitado em vão. Se o pano de arrás realmente se moveu, não posso dizer. Acho que sim, muito pouco. Mas o que posso jurar é que atrás dele ouvi um barulho baixo e distinto de ratos ou camundongos. Em um momento, o gato pulou na tapeçaria, trazendo a parte afetada para o chão com seu peso e expondo a antiga e úmida muralha de pedra; remendado aqui e ali pelos restauradores, e desprovido de qualquer vestígio de roedores vagabundos. Nigger-Man correu para cima e para baixo no chão por esta parte da parede, agarrando os panos de arrás caídos e aparentemente tentando inserir uma pata entre a parede e o chão de carvalho. Ele não encontrou nada, e depois de um tempo voltou cansado ao seu lugar em meus pés. Eu não tinha me movido, e não dormi naquela noite.

De manhã, interroguei todos os criados e descobri que nenhum deles havia notado nada de anormal, exceto que a cozinheira se lembrava das ações de um gato que havia pousado no peitoril de sua janela. Este gato uivou em alguma hora desconhecida da noite, acordando a cozinheira a tempo de vê-lo sair propositalmente pela porta aberta escada abaixo. Adormeci ao meio-dia e, à tarde, visitei novamente o capitão Norrys, que ficou extremamente interessado no que lhe contei. Os incidentes estranhos — tão leves, mas tão curiosos — atraíram sua curiosidade e lhe deram uma série de reminiscências do folclore local. Ficamos genuinamente perplexos com a presença de ratos, e Norrys me emprestou algumas armadilhas e um pouco de trigo roxo de Paris, que fiz com que os criados colocassem em locais estratégicos quando voltei.

Recolhi-me cedo, com muito sono, mas fui atormentado por sonhos dos mais horríveis. Eu parecia estar olhando de uma altura imensa para uma gruta crepuscular, cheia de sujeira até os joelhos, onde um pastor de porcos de barba branca conduzia com seu cajado um bando de animais esponjosos e flácidos cuja aparência me enchia de uma repugnância indescritível. Então, quando o pastor parou e acenou com a cabeça, um poderoso enxame de ratos choveu sobre o abismo fedorento e caiu para devorar animais e homens.

Dessa visão terrível, fui despertado abruptamente pelos movimentos de Nigger-Man, que estava dormindo como de costume em meus pés. Desta vez não tive que questionar a origem de seus rosnados, e do medo que o fez afundar suas garras em meu tornozelo, inconsciente de seu efeito; pois em todos os lados da câmara as paredes estavam vivas com um som nauseante — o chiado nojento de ratos gigantes e famintos. Agora não havia aurora para mostrar o estado dos panos de arrás — cuja parte caída havia sido substituída, mas eu não estava com muito medo de acender a luz.

À medida que as lâmpadas saltavam em esplendor, vi um tremor hediondo por toda a tapeçaria, fazendo com que os desenhos um tanto peculiares executassem uma dança singular de morte. Esse movimento desapareceu quase imediatamente, e o som com ele. Saltando da cama, cutuquei o pano de arrás com a longa alça de uma panela de aquecimento que estava perto, e levantei uma parte para ver o que havia embaixo. Não havia nada além da parede de pedra remendada, e até o gato havia perdido sua percepção tensa de presenças anormais. Quando examinei a ratoeira circular que havia sido colocada no quarto, não encontrei nenhum vestígio do que havia sido capturado e escapado.

Dormir mais estava fora de questão, então, acendendo uma vela, abri a porta e saí na galeria em direção às escadas para meu escritório, Nigger-Man seguia-me nos calcanhares. Antes de chegarmos aos degraus de pedra, no entanto, o gato disparou na minha frente e desapareceu. Enquanto eu descia as escadas, de repente me dei conta de sons na grande sala abaixo; sons de uma natureza que não podia ser confundida. As paredes revestidas de painéis de carvalho estavam cheias de ratos, correndo e cavando, enquanto Nigger-Man corria com a fúria de um caçador perplexo. Chegando ao fundo, acendi a luz, que desta vez não fez com que o ruído diminuísse. Os ratos continuaram seu tumulto, debandando com tanta força e nitidez que pude finalmente atribuir a seus movimentos uma direção definida. Essas criaturas, em número aparentemente inesgotável, estavam empenhadas numa estupenda migração de inconcebível altura a profundidade incomensurável.

Agora ouvi passos no corredor e, em um momento, dois criados abriram a porta maciça. Eles estavam procurando na casa por alguma fonte desconhecida de perturbação que havia lançado todos os gatos em um pânico, rosnando, e os fez mergulhar precipitadamente por vários lances de escada e agachar-se, uivando, diante da porta fechada do porão. Perguntei-lhes se tinham ouvido os ratos, mas eles responderam negativamente. E quando me virei para chamar a atenção deles para os sons nos painéis, percebi que o barulho havia cessado. Com os dois homens, desci até a porta do porão, mas encontrei os gatos já dispersos. Mais tarde resolvi explorar a cripta abaixo, mas por enquanto apenas fiz uma ronda pelas armadilhas. Todas estavam sem inquilino. Na verdade, ninguém tinha ouvido os ratos exceto os felinos e eu fiquei sentado no escritório até de manhã, pensando profundamente e relembrando cada fragmento de lenda sobre o prédio que habitava.

Dormi um pouco à tarde, recostado na única poltrona confortável da biblioteca, que poderia ser considerada uma exceção ao mobiliário medieval. Mais tarde, telefonei para o capitão Norrys, que veio e me ajudou a explorar o porão. Absolutamente nada de inconveniente foi encontrado, embora não pudéssemos reprimir uma emoção ao saber que esta abóbada foi construída por mãos romanas. Cada arco baixo e pilar maciço era romano — não o românico degradado dos desajeitados saxões, mas o classicismo severo e harmonioso da era dos Césares; de fato, as paredes estavam repletas de inscrições familiares aos antiquários que repetidamente exploraram o local — coisas como: "P. GETAE. PROP... TEMP... DONA... e L. PARAEC... VS PON T IFI... ATYS..."

A referência a Átis[30] me fez estremecer, pois eu havia lido Catulo[31] e conhecia algo sobre os ritos hediondos do deus oriental, cujo culto era tão misturado com o de Cibele. Norrys e eu, à luz das lanternas, tentamos interpretar os desenhos estranhos e quase apagados em certos blocos de pedra retangulares irregulares geralmente considerados altares, mas não conseguimos fazer nada com eles. Lembramos que um padrão, uma espécie de sol raiado, foi considerado pelos estudantes como algo que implicasse uma origem não romana, sugerindo que esses altares haviam sido meramente adotados pelos sacerdotes romanos de algum templo mais antigo e talvez aborígene no mesmo local. Em um desses blocos havia algumas manchas marrons que me fizeram pensar. A maior, no centro da sala, tinha certas características na superfície superior que indicavam sua conexão com o fogo — provavelmente oferendas queimadas.

Tais eram as vistas naquela cripta diante de cuja porta os gatos uivaram, e onde Norrys e eu agora decidimos passar a noite. Sofás foram trazidos pelos criados, que foram instruídos a não se importarem com as ações noturnas dos gatos, e Nigger-Man foi admitido tanto para ajudar quanto para fazer companhia. Decidimos manter a grande porta de carvalho — uma réplica moderna com fendas para ventilação — bem fechada; e nos retiramos com as lanternas ainda acesas para aguardar o que pudesse acontecer.

A abóbada ficava muito funda nos alicerces do priorado e, indubitavelmente, muito abaixo da superfície do escarpado precipício de pedra calcária que dominava o vale deserto. Que ela fora o destino dos ratos brigões e inexplicáveis eu não tinha dúvida, mas por que, eu não sabia dizer. Enquanto esperávamos ali, encontrei minha vigília ocasionalmente misturada com sonhos meio formados, dos quais os movimentos inquietos do gato sobre meus pés me despertavam. Esses sonhos

---

30   Attis era o "filho do filho". Na mitologia grega foi um semideus de origem frígia, Átis nasceu na Índia e foi gerado por Nana uma ninfa do Rio Sangario ou Gange, mas foi filho de Cibele mais tarde sua amante.
31   Caio Valério Catulo foi um sofisticado e controverso poeta romano em meados do século 1 a.C.

não eram saudáveis, mas horrivelmente parecidos com o que eu tivera na noite anterior. Vi novamente a gruta crepuscular e o pastor de porcos com seus inomináveis animais chafurdando na imundície e, ao olhar para essas coisas, eles pareciam mais próximos e mais distintos, tão distintos que quase pude observar suas feições. Então observei as feições flácidas de um deles — e acordei com tal grito que Nigger-Man se levantou, enquanto o capitão Norrys, que não havia dormido, riu muito. Norrys poderia ter rido mais — ou talvez menos — se soubesse o que me fez gritar. Mas só me lembrei mais tarde. O horror supremo muitas vezes paralisa a memória de maneira misericordiosa.

Norrys me acordou quando o fenômeno começou. Do mesmo sonho assustador, fui despertado por uma sacudida leve e o pedido para ouvir os gatos. De fato, havia muito o que ouvir, pois além da porta fechada no topo dos degraus de pedra havia um verdadeiro pesadelo de gritos e garras felinas, enquanto Nigger-Man, sem se importar com seus parentes do lado de fora, corria excitado pelas paredes de pedra nua, nas quais eu ouvia a mesma babel de ratos correndo que me perturbara na noite anterior.

Um terror agudo cresceu dentro de mim, pois ali estavam anomalias que nada poderia explicar. Esses ratos, se não as criaturas de uma loucura que eu compartilhava apenas com os gatos, deviam estar cavando e deslizando em paredes romanas que eu pensava serem de blocos sólidos de calcário. Ao menos que talvez a ação da água ao longo de mais de dezessete séculos tivesse devorado os túneis sinuosos que os corpos dos roedores haviam usado claros e amplos. Mas mesmo assim, o horror espectral não foi menor; pois se eram parasitas vivos, como Norrys não os ouvia? Por que me dizia para observar Nigger-Man e escutar os gatos lá fora, e por que tentava descobrir vagamente a razão de tanta tensão?

Quando consegui dizer a ele, o mais racionalmente que pude, o que pensei estar ouvindo, meus ouvidos me deram a última impressão desvanecida da escavação; que havia recuado ainda para baixo, muito abaixo desse porão mais profundo, até parecer que todo o penhasco abaixo estava crivado de ratos em busca de algo. Norrys não estava tão cético quanto eu esperava, mas em vez disso parecia profundamente comovido. Ele me fez sinal para notar que os gatos na porta haviam cessado seu clamor, como se estivessem dando os ratos como perdidos; enquanto Nigger-Man teve uma explosão de inquietação renovada, e estava arranhando freneticamente o fundo do grande altar de pedra no centro da sala, que estava mais perto do sofá de Norrys do que do meu.

Meu medo do desconhecido era neste momento muito grande. Aconteceu algo espantoso e vi que o capitão Norrys, um homem mais jovem, mais robusto e presumivelmente mais naturalmente materialista, estava tão afetado quanto eu — talvez por causa de sua familiaridade íntima e vitalícia com as lendas locais. No momento, não podíamos fazer nada além de observar o velho gato preto enquanto ele apalpava com fervor cada vez menor a base do altar, ocasionalmente olhando para cima e miando para mim daquela maneira persuasiva que usava quando desejava que eu lhe fizesse algum favor.

Norrys então pegou uma lanterna perto do altar e examinou o lugar onde Nigger-Man estava arranhando; ajoelhando-se silenciosamente e raspando os líquens de séculos que uniam o maciço bloco pré-romano ao piso de mosaico. Ele não encontrou nada e estava prestes a abandonar seu esforço quando notei uma circunstância trivial que me fez estremecer, embora não implicasse nada mais do que eu já havia imaginado. Contei a ele, e ambos observamos sua manifestação quase imperceptível com a firmeza de uma descoberta e reconhecimento fascinados. Era apenas isso, a chama da lanterna, pousada no chão perto do altar; estava ligeiramente, mas certamente tremeluzindo por causa de uma corrente de ar que não havia recebido antes, e que vinha indubitavelmente da fenda entre o piso e o altar onde Norrys estava raspando os liquens.

Passamos o resto da noite no escritório brilhantemente iluminado, discutindo nervosamente o que deveríamos fazer a seguir. A descoberta de que alguma cripta mais funda do que a mais profunda alvenaria conhecida dos romanos jazia abaixo desta maldita fundação — alguma cripta insuspeitada pelos curiosos antiquários de três séculos — teria sido suficiente para nos entusiasmar sem qualquer contexto do sinistro. Dessa forma, o fascínio tornou-se duplo; e paramos em dúvida se desistiríamos de nossa busca e abandonaríamos o convento para sempre com cautela supersticiosa, ou se seguiríamos nosso impulso de aventura e enfrentaríamos os horrores das profundezas desconhecidas. Pela manhã, tínhamos feito um acordo e decidimos ir a Londres para reunir um grupo de arqueólogos e cientistas aptos a lidar com o mistério. Deve-se mencionar que, antes de sair do porão, tentamos em vão mover o altar central que agora reconhecíamos como o portão para um novo poço de medo inominável. Que segredo abriria o portão, caberia a homens mais sábios do que nós desvendar.

Durante muitos dias em Londres, o capitão Norrys e eu apresentamos nossos fatos, conjecturas e anedotas lendárias a cinco eminentes autoridades, todos homens em quem se podia confiar para respeitar quaisquer revelações familiares que futuras explorações pudessem desenvolver. Achamos a maioria deles pouco disposta a zombar, mas intensamente interessada e sinceramente solidária. Não é necessário nomeá-los todos, mas posso dizer que incluíam Sir William Brinton, cujas escavações no Troad surpreenderam a maior parte do mundo em sua época. Ao tomarmos o trem para Anchester, senti-me à beira de revelações assustadoras, sensação simbolizada pelo ar de luto entre os muitos americanos pela morte inesperada do presidente do outro lado do mundo.

Na noite de 7 de agosto chegamos ao Priorado de Exham, onde os criados me asseguraram que nada de anormal havia ocorrido. Os gatos, até o velho Nigger-Man, estavam perfeitamente plácidos; e nenhuma armadilha na casa havia sido acionada. Nós deveríamos começar a explorar no dia seguinte, esperando que eu designasse quartos bem equipados para todos os meus convidados. Fui dormir em meu quarto da torre, com Nigger-Man em meus pés. O sono veio rapidamente, mas sonhos horríveis me assaltaram. Houve uma visão de uma festa romana como a de Trimalchio[32], com um horror em uma bandeja coberta. Então veio aquela coisa maldita e recorrente sobre o porqueiro e seu imundo passeio na gruta crepuscular. No entanto, quando acordei, estava em plena luz do dia, com sons normais na casa abaixo. Os ratos, vivos ou espectrais, não me incomodaram; e Nigger-Man estava dormindo tranquilamente. Ao descer, descobri que a mesma tranquilidade havia prevalecido em outros lugares; uma condição que um dos sábios reunidos — um sujeito chamado Thornton, dedicado à física — colocou absurdamente o fato de que agora me foi mostrado o que certas forças queriam me mostrar.

Tudo estava pronto, e às 11 horas todo o nosso grupo de sete homens, carregando poderosos holofotes elétricos e instrumentos de escavação, desceu ao subsolo e trancou a porta atrás de nós. O Nigger-Man estava conosco, pois os investigadores não encontraram ocasião para desprezar sua agitação e estavam realmente ansiosos para que ele estivesse presente em caso de manifestações obscuras de roedores. Observamos apenas brevemente as inscrições romanas e os desenhos de altar desconhecidos, pois três dos sábios já os tinham visto e todos conheciam suas características. A atenção principal foi dada ao importante altar central, e dentro de uma hora Sir William Brinton fez com que ele se inclinasse para trás, equilibrado por alguma espécie desconhecida de contrapeso.

Ali estava agora revelado um horror que nos teria esmagado se não estivéssemos preparados. Através de uma abertura quase quadrada no piso de ladrilhos, espalhando-se sobre um lance de degraus de pedra tão prodigiosamente desgastados que era pouco mais que um plano inclinado no centro, havia um conjunto medonho de ossos humanos ou semi-humanos. Aqueles que estavam conservados como esqueletos mostraram um semblante de medo e pânico e, acima de tudo, haviam mordidas de roedores. Os crânios denotavam nada menos que total idiotice e cretinismo quase primitivos. Acima dos degraus

---

32 Personagem do Satíricon, obra em prosa do romano Petrônio. Trimálquio, rico escravo liberto, proporcionava banquetes espetaculares.

infernalmente sujos, arqueava-se uma passagem descendente aparentemente esculpida na rocha sólida e conduzindo uma corrente de ar. Essa corrente não era um ímpeto repentino e nocivo como de uma cripta fechada, mas uma brisa amena, com algum frescor. Não nos detivemos muito ali, e, estremecendo, começamos a abrir caminho nos degraus abaixo. Foi então que Sir William, examinando as paredes lavradas, fez a estranha observação de que a passagem, de acordo com a direção dos golpes, deve ter sido esculpida *de baixo*.

Devo ser muito prudente agora, e medir minhas palavras.

Depois de descer alguns degraus entre os ossos roídos, vimos que havia luz à frente; não uma fosforescência mística, mas uma luz do dia filtrada que não podia vir senão de fissuras desconhecidas na falésia que se eleva sobre o vale desolado. Que tais fissuras tenham passado despercebidas do lado de fora não era de se surpreender, pois não apenas o vale era totalmente desabitado, mas o penhasco era tão alto, tão a pique que apenas um aviador poderia estudar sua face em detalhes. Mais alguns passos e nosso ar foi literalmente arrancado de nós pelo que vimos; tão literalmente que Thornton, o investigador psíquico, chegou a desmaiar nos braços do homem atordoado que estava atrás dele. Norrys, com o rosto rechonchudo totalmente branco e flácido, simplesmente gritou inarticuladamente; enquanto penso que o que fiz foi ofegar ou assobiar e tapar os olhos. O homem atrás de mim, o único do grupo mais velho do que eu, resmungou o trivial "Meu Deus!" na voz mais rachada que já ouvi. De sete homens cultos, apenas Sir William Brinton manteve a compostura; uma coisa mais a seu crédito porque ele liderou o grupo e deve ter visto a cena primeiro.

Era uma gruta crepuscular de enorme altura, estendendo-se mais longe do que qualquer olho podia ver; um mundo subterrâneo de mistério ilimitado e sugestões horríveis. Havia edificações e outros vestígios arquitetônicos — em um olhar aterrorizado vi formas desgastadas de túmulos, um círculo selvagem de monólitos, uma ruína romana de cúpula baixa, uma pilha saxônica e um antigo edifício inglês de madeira — mas tudo isso era ofuscado pelo espetáculo macabro apresentado pela superfície geral do solo. Por metros sobre os degraus estendia-se um emaranhado insano de ossos humanos, ou ossos pelo menos tão humanos quanto os dos degraus. Como um mar espumoso, eles se estendiam, uns completamente separados, mas outros inteira ou parcialmente articulados em esqueletos; estes últimos invariavelmente em posturas de frenesi demoníaco, seja lutando contra alguma ameaça ou agarrando outras formas com intenção canibal.

Quando o Dr. Trask, o antropólogo, se abaixou para classificar os crânios, encontrou uma mistura degradada que o deixou totalmente perplexo. Eles eram em sua maioria inferiores ao Homem de Piltdown[33] na escala da evolução, mas em todos os casos definitivamente humanos. Muitos eram de grau superior, e muito poucos eram os crânios de tipos suprema e sensivelmente desenvolvidos. Todos os ossos foram roídos, principalmente por ratos, mas um pouco por outros do rebanho meio-humano. Misturados a eles havia muitos ossos minúsculos de ratos — membros caídos do exército letal que encerrou o épico antigo.

Eu me pergunto se algum homem entre nós viveu e manteve sua sanidade mental durante aquele dia hediondo de descoberta. Nem Hoffmann nem Huysmans poderiam conceber uma cena mais absurdamente incrível, mais freneticamente repulsiva, ou mais goticamente grotesca do que a gruta crepuscular pela qual nós sete cambaleamos; cada um tropeçando em revelação após revelação, e tentando evitar por um momento pensar nos eventos que devem ter ocorrido ali trezentos anos, ou mil, ou dois mil, ou dez mil anos atrás. Era a antecâmara do inferno, e o pobre Thornton desmaiou novamente quando Trask lhe disse que algumas das coisas esqueléticas devem ter descido como quadrúpedes nas últimas vinte ou mais gerações.

Horror empilhado em horror quando começamos a interpretar os restos arquitetônicos. Os quadrúpedes — com seus ocasionais recrutas da classe bípede — tinham sido mantidos em currais de pedra, dos quais deviam ter escapado em seu último delírio de fome ou medo de ratos. Havia grandes manadas deles, evidentemente engordados com os vegetais comestíveis cujos restos podiam ser encontrados como uma espécie de ensilagem venenosa no fundo de enormes caixas de pedra mais antigas que Roma. Agora eu sabia por que meus ancestrais tinham jardins tão excessivos — como eu gostaria de apagar isso da memória! O propósito dos rebanhos eu não precisei perguntar.

Sir William, de pé com seu holofote nas ruínas romanas, traduziu em voz alta o ritual mais chocante que já conheci; e falou da dieta do culto antediluviano que os sacerdotes de Cibele encontraram e misturaram com os seus. Norrys, acostumado como estava às trincheiras, não conseguia andar direito quando saiu do prédio inglês. Era um açougue e uma cozinha — ele esperava por isso —, mas era demais ver utensílios ingleses familiares em tal lugar e ler grafites ingleses familiares ali, alguns tão recentes quanto 1610. Eu não podia entrar naquele prédio... aquele edifício cujas atividades demoníacas foram interrompidas apenas pela adaga de meu ancestral Walter de la Poer.

Onde me aventurei a entrar foi no edifício saxão baixo, cuja porta de carvalho havia caído, e lá encontrei uma terrível fileira de dez celas de pedra com

---

33 Pretenso homem primitivo, cujos fragmentos teriam sido recuperados no início do século XX, na Inglaterra, mas que se revelou uma fraude.

barras enferrujadas. Três continham esqueletos evoluídos, e no dedo indicador de um deles encontrei um anel de sinete com meu próprio brasão. Sir William encontrou um calabouço com celas muito mais antigas abaixo da capela romana, mas essas celas estavam vazias. Abaixo delas havia uma cripta baixa com caixas de ossos formalmente organizados, alguns deles com terríveis inscrições paralelas esculpidas em latim, grego e na língua frígia. Enquanto isso, o Dr. Trask abriu um dos túmulos pré-históricos e trouxe à luz crânios ligeiramente mais humanos que os de um gorila, e que continham entalhes ideográficos indescritíveis. Através de todo esse horror, meu gato espreitou imperturbável. Uma vez eu o vi monstruosamente empoleirado no topo de uma montanha de ossos, e tive vontade de conhecer os segredos que estariam escondidos atrás de seus olhos amarelos.

Tendo captado um pouco as revelações assustadoras daquela área crepuscular — uma área tão horrivelmente prefigurada em meu sonho recorrente — nos voltamos para aquela profundidade aparentemente ilimitada da caverna da meia-noite onde nenhum raio de luz do penhasco poderia penetrar. Nunca saberemos que mundos cegos jaziam além da pequena distância que percorremos, pois foi decidido que tais segredos não eram bons para a humanidade. Mas havia muito para nos absorver por perto, pois não tínhamos ido muito longe antes que os holofotes mostrassem aquela maldita infinidade de covas em que os ratos se banqueteavam, e cuja súbita falta de reabastecimento levara a raivosa hoste de roedores a se lançar primeiro sobre os rebanhos de seres vivos enfraquecidos pela inanição, e depois irromper do convento naquela orgia histórica de devastação que os camponeses jamais esquecerão.

Deus! Aqueles poços negros de carniça de ossos serrados, colhidos e crânios abertos! Aqueles abismos de pesadelo sufocados com os ossos pitecantropos, celtas, romanos e ingleses de incontáveis séculos profanos! Alguns deles estavam cheios, e ninguém pode dizer quão profundos já foram. Outros ainda pareciam sem fim aos nossos holofotes e povoados por fantasias inomináveis. "E quanto aos ratos infelizes que caíram em tais armadilhas em meio à escuridão de suas buscas neste terrível Tártaro?", pensei.

Uma vez meu pé escorregou perto de uma beira horrivelmente escancarada, e tive um momento de medo extático. Devo ter refletido por muito tempo, pois não conseguia ver ninguém do grupo, a não ser o gorducho capitão Norrys. Então veio um som daquela distância escura, ilimitada e distante que eu achava que conhecia; e vi meu velho gato preto passar por mim como um deus egípcio alado, direto para o abismo ilimitado do desconhecido. Mas eu não estava muito atrás, pois não havia dúvida depois de mais um segundo. Era a corrida sobrenatural daqueles ratos nascidos no demônio, sempre em busca de novos horrores, e determinados a me levar até aquelas cavernas sorridentes no centro da terra onde Nyarlathotep, o deus louco sem rosto, bradava cegamente ao som das flautas de dois idiotas disformes.

Minha lanterna apagou, mas mesmo assim eu corri. Ouvi vozes, uivos e ecos, mas acima de tudo surgiu suavemente aquele som de patas ímpio e trai-çoeiro, crescendo cada vez mais como um cadáver inchado e rígido que se eleva acima de um rio oleoso que flui sob intermináveis pontes de ônix rumo a um mar negro e pútrido. Algo esbarrou em mim — algo macio e gordo. Devem ter sido os ratos; o exército viscoso, gelatinoso e voraz que se banqueteia com os mortos e os vivos. Por que os ratos não deveriam comer um De la Poer se os De la Poer comiam coisas proibidas? A guerra devorou meu garoto, malditos sejam todos... e os ianques destruíram Carfax com chamas e queimaram o avô Delapore e o segredo. Não, não, eu lhe digo, não sou aquele pastor de porcos na gruta crepuscular! Não era o rosto gordo de Edward Norrys naquela coisa flácida e fúngica! Quem disse que sou um De la Poer? Ele sobreviveu, mas meu filho morreu! Um Norrys deve possuir as terras de um De la Poer? É vodu, eu lhe digo. Aquela víbora malhada. Maldito Thornton. Eu lhe ensinarei a des-maiar com medo do que minha família faz! Eu o sangrarei, miserável. Ensinarei o que é bom. *Magna Mater! Magna Mater!... Atys... Dia ad aghaidh's aodaun... agus bas dunach ost! Dhonas' s dholas ost, agus leat-sal...*[34] *Ungi... rrlh... chchch...*

Foi o que eu disse quando me encontraram na escuridão depois de três horas; encontraram-me agachado no breu sobre o corpo gordo e meio comido do capitão Norrys, com meu próprio gato pulando e rasgando minha garganta. Agora eles explodiram o Priorado de Exham, tiraram meu Nigger-Man de mim e me trancaram nesta cela em Hanwell com sussurros temerosos sobre minha hereditariedade e minhas experiências. Thornton está no quarto ao lado, mas me impedem de falar com ele. Eles também estão tentando suprimir a maioria dos fatos relativos ao priorado. Quando falo do pobre Norrys acusam-me de um ato hediondo, mas devem saber que não o fiz. Eles devem saber que foram os ratos; os ratos rastejantes e velozes, cuja correria nunca me deixa dormir; os ratos fantasmas que correm atrás do reboco neste quarto e me chamam para horrores maiores do que jamais conheci; os ratos que eles nunca podem ouvir. Os ratos nas paredes.

---

34 Trecho extraído do conto "The Sin-Eater", de Fiona Macleod, pseudônimo de William Sharp.

A MORTE ALADA (1933)

I.

O Hotel Orange fica na rua High, próximo à estação ferroviária, em Bloemfontein, África do Sul. No dia 24 de janeiro de 1932, quatro homens estavam sentados tremendo de terror em um dos quartos no terceiro piso. Um deles era George C. Titteridge, proprietário do hotel; outro era o guarda de polícia Ian De Witt, da delegacia central; o terceiro era Johannes Bogaert, o juiz investigador local; o quarto, e aparentemente o menos preocupado do grupo, era o doutor Cornelius Van Keulen, o médico legista. Sobre o piso, desconfortavelmente evidente em meio ao calor sufocante do verão, jazia o corpo de um homem morto; mas não era disso que os quatro tinham medo. Seus olhares vagavam da mesa, sobre a qual havia uma curiosa mistura de coisas, para o teto logo acima em cuja brancura suave uma série de caracteres alfabéticos enormes e vacilantes de alguma forma haviam sido rabiscados a tinta, e vez ou outra o doutor Van Keulen olhava furtivamente para um surrado livro encapado em couro, para as palavras rabiscadas no teto e para uma mosca morta de aspecto peculiar que boiava numa garrafa de amônia sobre a mesa. Também sobre a mesa estavam um tinteiro aberto, uma caneta e uma almofada para escrita, uma valise de médico, uma garrafa de ácido clorídrico e um copo contendo um quarto de óxido de manganês preto. O livro encapado em couro era o diário do morto e deixava claro que o nome Frederick N. Mason, da Mining Properties, Toronto, Canadá, assinado no registro do hotel, era falso. Havia outras coisas, coisas terríveis, que a partir dele se tornavam claras também; e ainda outras que ele apenas sugeria de modo horrível, sem as deixar claras ou sequer torná-las inteiramente críveis. Era a suspeita dos quatro homens, fecundada por vidas inteiras que passaram junto aos segredos sombrios da África, que os fazia estremecer tão violentamente, apesar do calor abrasador de janeiro. Tratava-se de um caderno pequeno, e todas as entradas apareciam numa caligrafia bonita, a qual, entretanto, se tornava descuidada e nervosa à medida que se aproximava do fim. Consistia de uma série de apontamentos soltos, irregularmente espaçados no princípio, mas que finalmente se tornavam cotidianos. Chamá-lo de diário não seria totalmente correto, pois recobria a crônica de apenas um setor das atividades do autor. O doutor Van Keulen reconheceu o nome do morto no momento em que virou a capa, pois se tratava de um eminente membro de sua própria profissão que tinha estado amplamente ligado aos assuntos africanos. Num outro momento, ficou horrorizado ao descobrir seu nome ligado a um crime covarde não solucionado oficialmente, que tinha sido publicado nos jornais há uns quatro meses. E quanto mais lia mais se aprofundavam seu horror, seu pasmo, sua aversão e seu pânico. Aqui, em essência, está o texto que o médico leu em voz alta naquele quarto sinistro e perturbador, enquanto os três homens à sua volta perdiam o fôlego, se remexiam em suas cadeiras e lançavam olhares assustados para o teto, para a mesa e para as coisas que estavam no chão, bem como entre si mesmos:

DIÁRIO DE THOMAS SLAUENWITE – MÉDICO

Comovente punição de Henry Sargent Moore, Ph.D., do Brooklyn, Nova Iorque, professor de Biologia dos Invertebrados na Universidade de Columbia, Nova York, N. Y. Preparada para ser lida após minha morte, pela satisfação de tornar pública a realização de minha vingança, a qual, de outro modo, poderá nunca vir a ser creditada a mim, caso obtenha sucesso.

5 de janeiro de 1929 — Estou agora totalmente resolvido a matar o doutor Henry Moore, e um incidente recente me mostrou como o farei. De agora em diante, seguirei uma linha de ação consistente; daí o começo deste diário. Não há muita necessidade de repetir as circunstâncias que me levaram em tal direção, pois a parte informada do público está familiarizada com todos os fatos relevantes. Nasci em Trenton, Nova Jersey, em 12 de abril de 1885, e sou filho do doutor Paul Slauenwite, que antes esteve em Pretória, no Transvaal, na África do Sul. Estudando medicina conforme a tradição familiar, fui conduzido por meu pai (que morreu em 1916, enquanto eu servia na França num regimento sul-africano) a me especializar em febres africanas; e, após me formar pela Columbia, dediquei bastante tempo a pesquisas que me levaram de Durban, em Natal, até o próprio Equador.

Em Mombaça, trabalhei em minha teoria sobre a transmissão e o desenvolvimento da febre remitente, auxiliado apenas ligeiramente pelos papéis do falecido médico do governo, Sir Norman Sloane, as quais encontrei na casa em que vivi. Quando publiquei minhas conclusões, tornei-me subitamente uma autoridade famosa. Falaram-me da probabilidade de uma posição quase suprema no serviço de saúde sul-africano e até mesmo um provável título de cavaleiro e uma comenda, no caso de eu me naturalizar e, nesse sentido, tomei as medidas necessárias. Então sobreveio o incidente pelo qual estou prestes a matar Henry Moore. Esse homem, meu colega de estudos e amigo durante anos na América e na África, deliberou minar minhas pretensões quanto à teoria, alegando que Sir Norman Sloane me antecipara em todos os detalhes essenciais e dando a entender que eu teria encontrado mais papéis dele do que declarara em meus escritos. Para sustentar essa acusação absurda, ele trouxe à luz certas cartas pessoais de Sir Norman que de fato mostravam que o velho já teria percorrido meu caminho e que publicaria seus resultados, não fosse pela sua morte repentina. Tudo isso eu poderia admitir com alguma mágoa. O que não podia desculpar era a suspeita invejosa de que havia roubado a teoria dos papéis de Sir Norman. O governo inglês, sensível demais, ignorou essas difamações, mas retirou a prometida indicação e a comenda, sob justificativa de que minha teoria, embora original em parte, não era nenhuma novidade. Percebi que minha carreira na África fora bruscamente interrompida, não obstante tivesse apostado todas as minhas esperanças nela, até o ponto de renunciar à cidadania americana. Uma frieza tocante em relação à minha pessoa se manifestou no governo de Mombaça, principalmente entre os que tinham conhecido Sir Norman. Foi então que resolvi acertar contas com Moore, mais cedo ou mais tarde, embora não fizesse ideia de como. Ele tinha ciúmes da minha prematura celebridade e tirara partido de sua antiga correspondência com Sir Norman para me arruinar. Tudo isso vindo de um amigo em quem eu mesmo suscitara o interesse pela África, a quem orientara e inspirara, até que adquirisse sua fama atual como autoridade em entomologia africana. Não posso negar que suas conquistas tenham sido profundas. Eu o ajudei, e em troca ele me arruinou. Agora, algum dia, o destruirei. Quando vi que perdia espaço em Mombaça, solicitei uma transferência para o interior, para M'gonga, onde permaneço atualmente, apenas a oitenta quilômetros da fronteira com Uganda. Trata-se de um entreposto para comércio de algodão e marfim, com somente oito homens brancos, além de mim. Um lugar bestial, quase na linha do equador, cheio de todo tipo de febres que a humanidade já conheceu. Serpentes venenosas e insetos por toda parte, e negros portadores de doenças de que ninguém ouve falar fora do ambiente médico. No entanto meu trabalho não é difícil, e tenho tempo de sobra para pensar no que fazer com Henry Moore. Diverte-me dar aos seus Dípteros da África Central e Meridional um lugar proeminente em minha estante. Suponho que seja realmente um manual padrão, usado em Columbia, em Harvard e em Winsconsin, porém minhas próprias sugestões é que são de fato responsáveis por metade de seus pontos fortes.

Na semana passada encontrei aquilo que me decidiu sobre o modo de acabar com Moore. Um grupo enviado de Uganda trouxe um negro acometido por uma doença que ainda não posso diagnosticar. O homem parecia letárgico, com uma temperatura muito baixa, e se contorcia de um modo peculiar. A maioria dos outros tinha medo dele, dizendo que estava sob algum tipo de feitiçaria; no entanto Gobo, o intérprete, disse que ele fora picado por um inseto. Qual inseto, não posso imaginar, pois há apenas uma ligeira ferroada no braço. É de um vermelho brilhante, porém com uma auréola arroxeada ao redor. De aparência espectral, não me espanto de que os rapazes a atribuam à magia negra. Parecem ter visto casos semelhantes em outros tempos e dizem que não há nada a fazer. O velho N'Kora, um dos nativos de Oromo que trabalha no posto, sugere que possa ser a mordida de uma mosca diabólica, que faz com que suas vítimas se esgotem e morram, para então tomar posse de sua alma e de sua personalidade, e talvez ainda esteja viva, voando por aí com todos os seus gostos, aversões e com sua consciência. E não conheço nenhum inseto local mortal o suficiente para explicar isso. Dei a esse negro doente — cujo nome é Mevana — uma boa dose de quinino e extraí uma amostra de seu sangue para exame, mas não obtive progresso. Existirá, certamente, algum germe estranho envolvido, mas não posso identificá-lo sequer remotamente. A coisa mais próxima é o bacilo que se encontra em bois, cavalos e cachorros picados pela tsé-tsé; porém moscas tsé--tsé não infectam seres humanos, e estamos muito ao norte para encontrá-las por aqui. Entretanto o importante é que me decidi sobre como matar Moore. Se esta região interior tem insetos tão venenosos como os nativos afirmam, providenciarei para que receba um suprimento deles de uma fonte que não irá suspeitar, e com muitas garantias de que são inofensivos. Estou certo de que ele negligenciará toda cautela quanto ao estudo de uma espécie desconhecida, e então veremos como a natureza segue seu curso. Não será difícil achar um inseto que tanto amedronta os negros. Primeiro, observarei o que acontece ao pobre Mevana, e então encontrarei meus próprios emissários mortais.

7 de janeiro — Mevana não melhorou, embora eu lhe tenha aplicado todas as antitoxinas que conheço. Tem acessos de tremor, nos quais o ouvimos arengar medrosamente sobre o modo como sua alma passará, quando ele morrer, para o inseto que o picou; mas entre os acessos permanece numa espécie de estupor. Pulsação cardíaca ainda forte, de modo que poderei ajudá-lo. Tentarei, pois ele provavelmente pode me guiar melhor do que qualquer outro até a região onde foi picado. Enquanto isso, escreverei ao doutor Lincoln, meu antecessor por aqui, pois Allen, o administrador chefe, diz que ele tinha um profundo conhecimento das doenças locais. Ele deverá saber sobre a mosca diabólica, se é que algum branco sabe. Está

em Nairobi atualmente, e um mensageiro negro deverá me trazer uma resposta dentro de uma semana, usando a ferrovia para a metade do trajeto.

10 de janeiro — Paciente estável, mas encontrei o que queria! Estava em um volume antigo dos registros de saúde locais, que estive examinando diligentemente enquanto esperava notícias de Lincoln. Trinta anos atrás houve uma epidemia que matou milhares de nativos em Uganda, e fora definitivamente atribuída a uma rara mosca chamada Glossina palpalis, um tipo de primo da Glossina norsitans ou tsé-tsé. Vive nos arbustos às margens de lagos e rios e se alimenta do sangue de crocodilos, antílopes e grandes mamíferos. Quando esses animais portam o germe da tripanossomíase, ou doença do sono, ela o adquire, desenvolvendo agudo poder de infecção num período de trinta e um dias. Então, durante setenta e cinco dias, passa a representar morte certa para qualquer um ou qualquer coisa que venha a picar. Sem dúvida, essa deve ser a mosca diabólica de que falam os negros. Agora sei o que estou buscando. Espero que Mevana resista. Devo receber notícias de Lincoln em quatro ou cinco dias; ele tem uma ótima reputação em lidar com coisas desse tipo. Meu problema maior será passar as moscas a Moore sem que ele as reconheça. Com sua maldita aplicação acadêmica, não seria difícil que ele já as conhecesse desde que houvesse registros a respeito.

15 de janeiro — Acabo de receber notícias de Lincoln, que confirma tudo o que os registros dizem acerca da Glossina palpalis. Ele dispõe de um remédio para a doença do sono que obteve sucesso num grande número de casos, desde que ministrado em tempo. São injeções intramusculares de triparsamida contra a infecção. Uma vez que Mevana foi picado há dois meses, não sei que efeito terá, mas Lincoln diz que sabe de casos que se arrastaram por dezoito meses, de modo que eu talvez não esteja tão atrasado. Lincoln enviou um pouco do material, e me apressei a dar a Mevana uma dose reforçada. Em estupor agora. Trouxeram da aldeia a sua primeira esposa, mas ele sequer a reconhece. Caso se recupere, certamente poderá mostrar-me o lugar onde estão as moscas. É um grande caçador de crocodilos, segundo informações, e conhece Uganda como a palma da mão. Vou lhe dar outra injeção amanhã.

16 de janeiro — Mevana parece um pouco melhor hoje, mas sua pulsação tem se atrasado um pouco. Manterei as injeções, mas evitarei sobrecargas.

17 de janeiro — Melhoras realmente notáveis, hoje. Mevana abriu os olhos e mostrou sinais de efetiva consciência, embora ofuscada, após a injeção. Espero que Moore nada saiba sobre a triparsamida. Há boas chances de que não saiba, pois nunca se dedicou à medicina. A língua de Mevana parece paralisada, mas creio que isso se corrigirá se eu ao menos conseguir despertá-lo. Eu não me importaria de dormir bem, mas não desse jeito!

25 de janeiro — Mevana está quase curado! Dentro de mais uma semana posso fazer com que me leve até a selva. Estava amedrontado quando chegou, com medo de que a mosca tomasse sua personalidade depois da morte; mas finalmente se animou, quando lhe contei que ficaria bom. Sua esposa, Ugowe, cuida bem dele agora, de modo que posso descansar um pouco. Então, aos enviados da morte!

3 de fevereiro — Mevana está bem agora, e conversei com ele a respeito de caçar moscas. Ele teme aproximar-se do lugar onde elas o picaram, mas estou jogando com sua gratidão. No mais, ele supõe que posso tanto afastar doenças quanto curá-las. Sua coragem envergonharia um homem branco; não há dúvida de que ele irá. Posso me ausentar, dizendo ao administrador chefe que será uma viagem a serviço dos interesses sanitários.

12 de março — Em Uganda, finalmente! Tenho cinco rapazes, além de Mevana, mas são todos oromo[35]. Não houve como contratar os negros locais, nem os convencer a se aproximarem da região, depois do que aconteceu com Mevana. Esta selva é um lugar pestilento, fumegante de vapores miasmáticos. Todos os lagos parecem estagnados. Em certo ponto, descobrimos traços de ruínas ciclópicas que fizeram mesmo os oromenses recuar num círculo aberto. Dizem que esses megálitos são mais antigos que o próprio homem e que costumavam servir como abrigo ou posto avançado dos "Pescadores de Fora" — o que quer que isso signifique — e dos deuses malignos Tsathoggwa[36] e Cthulhu. Hoje em dia, diz-se que tenham uma influência malévola e que, de algum modo, estejam conectados com as moscas diabólicas.

15 de março — Atingimos o lago Mlolo nesta manhã, onde Mevana foi picado. Uma coisa diabólica, coberta por uma crosta verde e repleta de crocodilos. Mevana armou uma pequena arapuca para moscas, feita de arame, usando carne de crocodilo como isca. Tem uma abertura estreita, e uma vez que algum aventureiro penetre não terá condições de sair. São tão estúpidas quanto mortais, e loucas por carne fresca ou uma tigela de sangue. Espero que obtenhamos um bom suprimento. Decidi que preciso fazer experiências com elas, encontrando um modo de alterar sua aparência a um extremo que Moore não as reconheça. Possivelmente poderei cruzá-las com outras espécies, obtendo um híbrido estranho cuja capacidade de infecção não será diminuída. Veremos. Preciso esperar, mas agora não tenho pressa. Quando estiver pronto, farei com que Mevana me traga um pouco de carne infectada para alimentar meus enviados da morte. E, então, ao correio. Não deve haver problemas em contrair a infecção, pois este país é um verdadeiro ninho de pestes.

16 de março — Sorte. Duas gaiolas cheias. Cinco vigorosos espécimes com asas que cintilam como diamantes. Mevana os está guardando num grande

---

35   População étnica afro-asiática que fala a língua oromo.
36   Tsathoggwa é uma entidade sobrenatural no universo fictício compartilhado dos Mitos de Cthulhu.

pote com uma tampa segura, e penso que os apanhamos a tempo. Poderemos levá-los a M'gonga sem dificuldades. Estocando carne de crocodilo suficiente para alimentá-las. Sem dúvida, toda ela ou a maior parte se acha infectada.

20 de abril — De volta a M'gonga e ocupado no laboratório. Solicitei ao doutor Joost, em Pretória, algumas tsé-tsés para experimentos de hibridização. Tal cruzamento, se funcionar, deverá produzir alguma coisa bem difícil de reconhecer e, ao mesmo tempo, tão mortal quanto as palpalis. Se não der certo, tentarei com outros dípteros do interior, e já mandei pedir ao doutor Vandervelde, em Nyangwe, alguns tipos do Congo. Não terei que mandar Mevana em busca de mais carne corrompida, pois creio que posso manter, por tempo indefinido, culturas do germe Trypanossom gambiense em tubos, retirado da carne que conseguimos no mês passado. Quando chegar a hora, corromperei alguma carne fresca e alimentarei meus arautos alados com uma boa dose. Então, boa viagem para eles!

18 de junho — Minhas tsé-tsés enviadas por Joost chegaram hoje. Gaiolas para criação já estavam prontas, e agora estou fazendo seleções. Pretendo usar raios ultravioletas para acelerar o ciclo vital. Por sorte, disponho do aparato necessário no meu equipamento regular. Naturalmente, não digo a ninguém o que estou fazendo. A ignorância dos poucos homens daqui torna fácil esconder minhas intenções e fingir que estudo espécies existentes com propósitos científicos.

29 de junho — O cruzamento é fértil! Houve grandes depósitos de ovos na última quarta-feira, e agora tenho larvas excelentes. Se os insetos maduros parecem tão estranhos quanto elas, nada mais preciso fazer. Preparando gaiolas separadas e numeradas para os diferentes espécimes.

7 de julho — Novos híbridos se formaram! O disfarce é excelente quanto à forma, mas o lustro das asas sugere a palpalis. O tórax possui ligeiras sugestões das listras da tsé-tsé. Discretas variações entre os indivíduos. Estou alimentando todas com carne corrompida de crocodilo, e depois que a infecção se desenvolver vamos testá-las em alguns dos negros, com ares, é claro, de acidente. Há tantas moscas moderadamente venenosas por aqui que se pode fazer isso com facilidade e sem despertar suspeitas. Libertarei um inseto em minha sala de jantar hermeticamente protegida, quando Batta, meu criado, trouxer o café da manhã, mantendo-me em guarda eu mesmo. Quando ela fizer seu trabalho, vou capturá-la ou esmagá-la — coisa fácil por causa de sua estupidez — ou asfixiá-la enchendo o cômodo de gás clorídrico. Se não der certo da primeira vez, tentarei de novo até que dê. Decerto, terei à mão a triparsamida, para o caso de ser picado, mas tomarei cuidado para não o ser, pois nenhum remédio é garantido.

10 de agosto — A infectividade amadureceu, e providenciei para que Batta fosse picado de jeito. Apanhei a mosca sobre sua pele, devolvendo-a à gaiola.

Amenizei a dor com iodo, e o pobre diabo ainda ficou grato pelo serviço. Vou tentar um espécime variante em Gamba, o mensageiro, amanhã. Esses serão todos os testes que me atreverei a fazer aqui, mas se precisar de mais, levarei alguns espécimes para Ukala e obterei dados adicionais.

11 de agosto — Falhei com Gamba, mas recapturei a mosca viva. Batta ainda parece bem, como de costume, e não sente dor nas costas onde foi picado. Esperarei, antes de tentar em Gamba outra vez.

14 de agosto — Remessa de insetos de Vandervelde, finalmente. Sete espécies claramente distintas, algumas mais ou menos venenosas. Mantenho-as bem alimentadas para o caso de o cruzamento com a tsé-tsé não funcionar. Algumas delas parecem bem diferentes da palpalis, mas o problema é que podem não produzir um cruzamento fértil com ela.

17 de agosto — Atingi Gamba hoje, mas tive de matar a mosca que pousou sobre ele. Ela o picou no ombro esquerdo. Tratei a picada, e Gamba ficou tão agradecido quanto Batta. Nenhuma alteração em Batta.

20 de agosto — Gamba ainda inalterado, e Batta também. Tenho experimentado com uma nova forma de disfarce para suplementar a hibridização, um tipo de tintura para mudar o brilho denunciador das asas da palpalis. Um matiz azulado seria bom, algo que eu pudesse borrifar sobre todo um enxame de insetos. Iniciarei investigando coisas como o azul da Prússia e o azul marinho, sais de ferro e cianogênio.

25 de agosto — Batta se queixou de uma dor nas costas hoje. As coisas podem estar em andamento.

3 de setembro — Fiz um bom progresso em meus experimentos. Batta exibe sinais de letargia e diz que suas costas doem o tempo todo. Gamba começa a sentir desconforto no ombro picado.

24 de setembro — Batta piorando mais e mais e começando a se amedrontar por causa da picada. Acha que pode ser uma mosca diabólica e me implorou que a matasse, pois me viu colocá-la na gaiola, até que aleguei que ela já tinha morrido há muito. Disse-me que não pretendia que sua alma passasse para ela após sua morte. Dou-lhe injeções de água pura com uma seringa para manter seu moral. Evidentemente a mosca conserva todas as propriedades da palpalis. Gamba está abatido também, e repetindo todos os sintomas de Batta. Posso decidir-me e lhe dar uma chance com a triparsamida, para o caso de a mosca provar sua eficiência. No entanto deixarei que Batta prossiga, pois quero ter uma ideia aproximada de quanto tempo um caso leva para terminar. Experimentos com tintura estão indo bem. Uma forma isomérica de ferrocianeto ferroso pode ser dissolvida em álcool e borrifada sobre os insetos com um efeito esplêndido. Ela mancha de azul as asas

sem afetar muito o tórax escuro e não se apaga quando abluo os espécimes com água. Com esse disfarce, penso que poderei usar os híbridos atuais da tsé-tsé, sem me incomodar com outros experimentos. Por mais sagaz, Moore não poderia reconhecer uma mosca de asas azuladas com um meio tórax de tsé-tsé. Naturalmente, mantenho todo esse assunto de tingimento sob segredo. Mais tarde, nada deverá me ligar às moscas azuis.

9 de outubro — Batta caiu em letargia e se recolheu ao leito. Tenho ministrado triparsamida em Gamba por duas semanas e suponho que se recobrará.

25 de outubro — Batta muito por baixo, mas Gamba praticamente bem.

18 de novembro — Batta morreu ontem, e uma coisinha aconteceu que me deu um grande estremecimento, em vista das lendas nativas e dos receios do próprio Batta. Quando retornei ao laboratório depois de sua morte, ouvi um zumbido e um bulício singulares na gaiola 12, onde estava a mosca que picara Batta. A criatura parecia frenética, mas se aquietou quando apareci, brilhando sobre a grade de arame e olhando para mim de um modo estranho. Lançava as patas sobre os olhos, como se estivesse desorientada. Quando voltei, após ter jantado com Allen, a coisa estava morta. Evidentemente teria enlouquecido e morrido de tanto se chocar contra a gaiola. Certamente é peculiar que isso tenha ocorrido logo que Batta morreu. Se algum negro o tivesse visto, teria creditado o fato à absorção da alma do pobre diabo. Dentro de pouco tempo colocarei meus híbridos azulados a caminho. O poder de morte dos híbridos parece um pouco maior do que o da palpalis pura, suponho. Batta morreu três meses e oito dias após a infecção, mas, naturalmente, há sempre uma larga margem de incerteza. Quase desejaria ter deixado o caso de Gamba prosseguir.

5 de dezembro — Ocupado em planejar o modo como enviarei meus arautos a Moore. Preciso fazer com que pareça terem vindo de algum entomologista desinteressado, o qual teria lido os seus Dípteros da África Central e Meridional e acreditaria que ele se interessasse em estudar essa "espécie nova e não identificada". Deverá haver também amplas garantias de que a mosca de asas azuis seja inofensiva, como prova a longa experiência dos nativos. Moore baixará a guarda, e uma das moscas certamente o pegará mais cedo ou mais tarde, embora não se possa dizer quando. Terei de confiar nas cartas de amigos de Nova Iorque (ainda falam de Moore, de tempos em tempos) para me manter informado acerca dos últimos resultados, embora eu ouse dizer que os jornais anunciarão sua morte. Sobretudo, preciso mostrar agora interesse em seu caso. Enviarei as moscas durante uma viagem, mas não devo ser reconhecido quando o fizer. O melhor plano será tirar férias no interior, deixar a barba crescer, postar a encomenda em Ukala, passando por lá como um entomologista visitante, e retornar para aqui depois de raspar a barba.

12 de abril de 1930 — De volta a M'gonga depois de minha longa viagem. Tudo correu da melhor maneira, com precisão de relógio. Enviei as moscas a Moore sem deixar rastros. Tirei férias natalinas, em 15 de dezembro, e parti de imediato com o material preparado. Providenciei uma boa embalagem para correio, com espaço bastante para incluir alguma carne de crocodilo contaminada, para a alimentação dos enviados. Até o fim de fevereiro, já tinha barba bastante para me passar por um perfeito Van Dyke. Apareci em Ukala, a 19 de março, e escrevi uma carta para Moore na máquina do entreposto comercial. Assinei como "Nevil Wayland-Hall", suposto entomologista de Londres. Penso ter conseguido o tom certo: interesse de parceiro cientista e tudo o mais. Fui artisticamente casual ao enfatizar a "completa inocuidade" dos espécimes. Ninguém suspeitou de nada. Barbeei-me assim que cheguei ao mato, de modo que não se notasse nenhuma irregularidade quando estivesse de volta. Prescindi de carregadores nativos, exceto num pequeno trecho pantanoso. Sou capaz de prodígios com uma simples mochila, e meu senso de direção é bom. Por sorte, estou acostumado a tais viagens. Expliquei minha ausência prolongada, alegando uma febre e alguns erros de direção enquanto atravessava o mato. Mas agora vem, psicologicamente, a pior parte — esperar notícias de Moore sem demonstrar ansiedade. Naturalmente, ele pode muito bem escapar às picadas até que o veneno se esgote; mas com o seu estouvamento as chances são de uma para cem contra ele. Não me arrependo de nada. Depois do que me fez, ele merece isso e muito mais.

30 de junho de 1930 — Viva! O primeiro passo foi dado! Acabo de ouvir casualmente de Dyson, da Columbia, que Moore recebeu da África algumas moscas novas, de asas azuis, e que está absolutamente intrigado com elas! Nenhuma palavra sobre picadas; mas, se conheço o jeito relaxado de Moore, como penso conhecer, não tardará a acontecer alguma coisa.

27 de agosto de 1930 — Carta de Morton, de Cambridge. Diz que Moore escreveu sobre sentir-se abatido e fala de uma picada de inseto na parte de trás do pescoço, de um curioso espécime novo que recebeu por meados de junho. Terei tido sucesso? Aparentemente Moore não conecta a mordida com sua fraqueza. Se a coisa for de verdade, então Moore foi picado bem dentro do período de infecciosidade dos insetos.

12 de setembro de 1930 — Vitória! Outra linha de Dyson diz que Moore se acha num estado alarmante. Ele agora relaciona sua doença com a picada, que recebeu no entardecer de 19 de junho, e está completamente confuso quanto à identidade do inseto. Tem tentado obter contato com o tal "Nevil Wayland-Hall", que lhe mandou a encomenda. Das cem que lhe enviei, cerca de vinte e cinco parecem ter chegado vivas. Algumas escaparam ao prazo para a mordida, mas várias larvas sur-

giram de ovos colocados desde o dia da postagem. Ele está, Dyson diz, encubando cuidadosamente essas larvas. Quando amadurecerem, suponho que identificará a hibridização da tsé-tsé palpalis, mas isso de pouco lhe servirá. No entanto se perguntará por que as asas azuis não se transmitem por hereditariedade!

8 de novembro de 1930 — Cartas de meia dúzia de amigos falam da séria enfermidade de Moore. A de Dyson chegou hoje. Diz que Moore está absolutamente desnorteado sobre os híbridos que surgiram das larvas e começou a pensar que os pais obtiveram suas asas azuis por algum processo artificial. Passa a maior parte do tempo na cama agora. Nenhuma menção ao uso de triparsamida.

13 de fevereiro de 1931 — Adversidades! Moore afunda e parece não conhecer nenhum remédio, mas creio que suspeita de um. Recebi uma carta bastante animada de Morton, no mês passado, que não mencionava Moore; e agora Dyson escreve, algo constrangido, que Moore está elaborando teorias sobre o assunto. Tem procurado "Wayland-Hall", por meio do telégrafo, em Londres, Ukala, Nairobi, Mombaça e outros lugares; e, naturalmente, nada encontra. Julgo que terá aventado com Dyson acerca do suspeito, mas que Dyson ainda não acredita. Temo que Morton acredite. Vejo que o melhor é traçar planos para fugir daqui e camuflar minha identidade. Que fim para uma carreira que se iniciou tão bem! Mais um trabalho de Moore; mas agora está pagando por ele adiantado! Creio que retornarei à África do Sul. E, enquanto isso, tratarei discretamente de depositar algum fundo lá a crédito de meu novo eu, "Frederick Nasmyth Mason, de Toronto, Canadá, agente de minerações". Estabelecerei uma nova assinatura, para identificação. Se nunca tiver de dar esse passo, poderei facilmente transferir de volta os fundos para minha identidade atual.

15 de agosto de 1931 — Meio ano passado, e ainda o suspense. Dyson e Morton, bem como vários outros amigos, parecem ter parado de me escrever. O doutor James, de São Francisco, recebe algumas notícias dos amigos de Moore e diz que Moore se acha num quase contínuo estado de coma. Não tem conseguido andar desde maio. Enquanto conseguia falar, queixava-se de frio. Agora não consegue falar, embora se pense que ainda tenha relances de consciência. Sua respiração é rápida e curta e pode ser ouvida à distância. Nenhuma questão além do Trypanossoma gambiense lhe interessa agora; mas ele resiste melhor do que os negros por aqui. Três meses e oito dias acabaram com Batta, e aqui está Moore, vivo, mais de um ano após ter sido picado. Ouvi rumores, no mês passado, sobre uma intensa busca por "Wayland-Hall" nos arredores de Ukala. No entanto não acho que haja necessidade de me preocupar, pois não existe absolutamente nada que me ligue a esse negócio.

7 de outubro de 1931 — Acabou-se, finalmente! Notícias na Mombasa Gazette. Moore morreu a 20 de setembro, depois de vários acessos de tremor e com uma

temperatura largamente abaixo do normal. Está acabado! Eu disse que o pegaria, e o fiz! O jornal traz um relato de três colunas acerca de sua doença e morte, e sobre a improfícua busca por "Wayland-Hall". Obviamente, Moore era na África um personagem maior do que pensei. O inseto que o picou foi agora identificado adequadamente, a partir dos espécimes sobreviventes e das larvas desenvolvidas, e a tintura das asas também foi detectada. Notou-se, de modo geral, que as moscas teriam sido preparadas e enviadas com o intuito de matar. Moore, ao que parece, comunicou certas suspeitas a Dyson, mas este último, junto com a polícia, tem mantido segredo, devido à ausência de provas. Todos os inimigos de Moore têm sido observados, e a Associated Press sugere que "uma investigação, possivelmente envolvendo um médico eminente que se acha exterior, se seguirá". Uma coisa bem no finalzinho da notícia (sem dúvida a invenção romanesca de algum jornalista menor) me trouxe um curioso estremecimento, em vista das lendas dos negros e do modo como as moscas se tornaram indóceis quando Batta morreu. Parece que um incidente estranho aconteceu na noite em que Moore morreu. Dyson foi despertado pelo zunido de uma mosca de asas azuis, a qual imediatamente voou pela janela, logo antes de a enfermeira telefonar dando notícias da casa de Moore, a quilômetros de distância, no Brooklyn. Mas o que mais me diz respeito é o final africano do caso. Pessoas em Ukala se lembram do estrangeiro barbado que datilografou a carta e mandou o pacote, e os investigadores estão varrendo o país em busca de quaisquer negros que o tenham ajudado. Não empreguei muitos, mas se os oficiais questionarem os nativos que me conduziram através do cinturão da selva N'Kini, terei de explicar mais do que pretendo. Ao que parece, chegou a hora de desaparecer. Portanto, amanhã creio que pedirei demissão e me prepararei para viajar a algum lugar desconhecido.

9 de novembro de 1931 — Trabalho duro para manejar minha demissão, mas a liberação veio hoje. Não quis agravar suspeitas saindo imediatamente. Na semana passada ouvi de James alguma coisa sobre a morte de Moore, mas não mais do que está nos jornais. As pessoas de seu círculo em Nova York se mostram bastante reticentes quanto aos detalhes, embora todos falem de uma investigação. Nenhuma palavra de meus amigos do Leste. Moore deve ter semeado suspeitas perigosas ao seu redor antes de perder a consciência, mas não existe a menor prova que pudesse comprovrar tais suspeitas. Mesmo assim, não quero correr riscos. Na quinta-feira partirei para Mombaça e então tomarei um navio até Durban, descendo pela costa. Depois disso sumirei de vista. Porém logo em seguida o agente de minerações Frederick Nasmyth Mason, de Toronto, aparecerá em Johannesburg. Seja este o final de meu diário. Se no fim eu não estiver sob suspeita, servirá ao seu propósito original, após minha morte, e revelará o que de outro modo não seria conhecido.

Se, por outro lado, tais suspeitas se materializarem e persistirem, confirmará e clarificará as acusações vagas, preenchendo importantes e desconcertantes lacunas. Naturalmente, se o perigo me ameaçar, terei de destruí-lo. Bem, Moore está morto, como muito bem merecia estar. Agora o doutor Thomas Slauenwite está morto também. E quando o corpo que pertenceu a Thomas Slauenwite estiver morto, o público poderá conhecer este relato.

II.

15 de janeiro de 1932 — Um novo ano, e uma relutante reabertura deste diário. Desta vez estou escrevendo unicamente para aliviar meu espírito, pois seria absurdo imaginar que o caso não esteja definitivamente encerrado. Instalei-me no Hotel Vaal, em Johannesburg, sob meu novo nome, e ninguém até agora duvidou de minha identidade. Tive algumas conversas inconclusivas sobre negócios, para reforçar meu papel como agente de mineração, e creio que possa até entrar nesse ramo. Mais tarde irei a Toronto e semearei algumas evidências acerca de meu passado fictício. Mas o que me preocupou foi um inseto que invadiu meu quarto por volta do meio-dia de hoje. Tenho tido todo tipo de pesadelos com moscas azuis ultimamente, mas esses eram previsíveis em vista de minha permanente tensão nervosa. Esta coisa, porém, era real, e estou completamente desorientado a seu respeito. Zumbiu em torno de minha estante por um bom quarto de hora e se esquivou a qualquer tentativa de capturá-la ou de matá-la. A coisa mais inusitada era a sua cor e o seu aspecto, pois tinha asas azuis e era, em todos sentidos, uma duplicata de meus enviados híbridos da morte. Se poderia ser de fato um deles não tenho a menor ideia. Tive controle sobre todos os híbridos — manchados e não manchados — que não enviei a Moore, e não posso me lembrar de nenhuma fuga. Seria isso uma completa alucinação? Ou algum dos espécimes que escaparam no Brooklyn quando Moore foi picado poderia ter achado seu caminho de volta para a África? Houve aquela história absurda da mosca que despertou Dyson quando Moore morreu. Mas, afinal, a sobrevivência e o retorno de alguns dos bichos não são de todo impossíveis. É perfeitamente possível que o azul tenha aderido às asas, pois o pigmento que apliquei era tão permanente quanto a tatuagem. Essa pareceria ser a única explicação racional para a coisa, embora seja bastante curioso que o bicho tenha chegado a tal extremidade no sul. Possivelmente se tratará de algum instinto inerente ao ramo das tsé-tsés. Afinal, essa parte do grupo pertence à África do Sul. Preciso me precaver contra picadas. Naturalmente o veneno original (se esta for realmente uma das moscas que escaparam de Moore) se esvaiu Eras atrás;

mas o exemplar deve ter se alimentado quando retornou da América e pode muito bem ter vindo através da África Central, readquirindo a infecciosidade. Com efeito, é mais provável do que improvável. Para a palpalis, metade de sua hereditariedade a levaria de volta a Uganda e a todos os germes da tripanossomíase. Ainda tenho um pouco de triparsamida — não suportaria destruir minha caixa de remédios, por mais incriminadora que fosse — mas, desde que comecei a ler sobre o assunto, já não estou mais tão seguro da ação da droga quanto estive no começo. A mesma concede ao indivíduo uma oportunidade de lutar, e certamente salvou Gamba, mas sempre resta a probabilidade de fracasso. É diabolicamente estranho que essa mosca tenha entrado bem em meu quarto, de todos os lugares da imensa extensão africana! Parece conduzir ao extremo uma coincidência. Suponho que, se retornar, eu certamente a matarei. Estou surpreso de que me tenha escapado hoje, pois ordinariamente esses tipos são bastante estúpidos e fáceis de apanhar. Seria uma pura ilusão, afinal de contas? Certamente o calor está me afetando nestes últimos tempos, como nunca o fez antes, mesmo lá em Uganda.

16 de janeiro - Estou ficando louco? A mosca retornou nesta tarde e agiu de um modo anormal, que me pareceu sem sentido. Somente uma ilusão de minha parte poderia explicar o que aquela praga zunidora parecia estar fazendo. Surgiu de lugar nenhum e foi direto para minha estante, fazendo círculos e círculos diante de uma cópia de Dípteros da África Central e Meridional, de Moore. De vez em quando, coruscava em cima ou atrás do volume, mas no final avançava em direção a mim e se retirava antes que eu pudesse atingi-la com algum papel dobrado. Nunca se ouviu falar de semelhante esperteza com relação aos dípteros notoriamente estúpidos da África. Por quase meia hora tentei acertar a maldita, mas por fim ela disparou janela a fora, através de um buraco no mosquiteiro que eu não havia notado. Por vezes imaginei que estivesse zombando de mim, entrando no alcance de minha arma e então, com muita destreza, se esquivando quando eu a atacava. Preciso ter mais controle sobre minha consciência.

17 de janeiro — Ou eu estou louco ou o mundo foi vítima de uma súbita suspensão das leis da probabilidade, conforme as conhecemos. A mosca maldita surgiu de algum lugar logo antes do meio-dia e começou a zumbir em torno da cópia dos Dípteros de Moore que está em minha estante. Outra vez tentei apanhá-la, e outra vez a experiência de ontem se repetiu. Finalmente a peste disparou em direção a um tinteiro sobre minha mesa e enfiou nele as patas e o tórax, mantendo limpas as asas. Então voou até o teto e pousou, começando a rastejar e deixando um rastro de tinta. Após algum tempo estremeceu um pouco e fez uma única mancha de tinta, desconectada do rastro. Por último desceu direto até meu rosto e, finalmente, zumbindo, sumiu de vista antes que eu pu-

desse pegá-la. Alguma coisa em tudo isso me soou sinistramente monstruosa e anormal, e muito mais do que eu poderia explicar a mim mesmo. Olhado sob diferentes ângulos, o rastro de tinta no teto pareceu-me cada vez mais familiar, e de repente me ocorreu que formava um ponto de interrogação absolutamente perfeito. Que maligno truque poderia ser mais apropriado? Espanto-me de não ter desmaiado. No entanto os ajudantes do hotel não o notaram. Não viram a mosca nesta tarde e neste anoitecer, mas estou mantendo meu tinteiro bem fechado. Penso que o extermínio de Moore esteja me perseguindo e me proporcionando mórbidas alucinações. Talvez não haja mosca nenhuma.

18 de janeiro — Em que estranho inferno de pesadelo vivo estarei mergulhado? O que ocorreu hoje é algo que não poderia acontecer normalmente; e, no entanto, um empregado do hotel viu as marcas no teto e admite sua realidade. Por volta das onze da manhã, quando eu trabalhava num manuscrito, alguma coisa se atirou para dentro do tinteiro em uma fração de segundos e relampejou para o alto outra vez, antes que eu pudesse ver o que era. Erguendo os olhos, vi no teto aquela mosca infernal, como tinha visto antes, rastejando e traçando uma nova trilha de curvas e volteios. Não havia nada que eu pudesse fazer, mas enrolei um jornal na expectativa de atingir a criatura caso ela se aproximasse o bastante. Depois de ter feito várias voltas no teto, voou para um canto escuro e desapareceu. E quando olhei de novo para o emboço desfigurado notei que a nova trilha de tinta compunha a enorme e inconfundível imagem do algarismo 5. Por um tempo fiquei quase inconsciente diante de uma onda de inominável ameaça da qual não me dava conta totalmente. Então convoquei toda a minha resolução e tomei uma atitude. Fui até uma loja de materiais químicos e comprei resina e outras coisas necessárias à preparação de uma armadilha pegajosa, e também um tinteiro similar. Retornando ao quarto, enchi o tinteiro com a mistura viscosa e o coloquei aberto no ponto onde estivera o original. Em seguida tentei me concentrar em alguma leitura. Por volta das três horas ouvi de novo o maldito inseto e o vi circulando em torno do tinteiro. Desceu até a superfície viscosa, mas não a tocou; e logo após avançou em minha direção, recuando antes que eu o atingisse. Então foi até à estante e circulou em torno do tratado de Moore. Há alguma coisa de profunda e diabólica no modo como o intruso esvoaça perto desse livro. A pior parte foi a última. Abandonando o livro de Moore, o inseto voou em direção à janela e começou a se chocar ritmicamente contra a tela de arame. Ouvia-se uma série de batidas e então uma série de igual extensão e depois uma pausa e assim por diante. Alguma coisa nessa performance me manteve paralisado por alguns instantes, mas logo em seguida disparei para a janela e tentei matar aquele bicho nocivo. Como sempre, nenhum resultado. Ele simplesmente voou através do cômodo em direção a uma lâmpada e começou a bater no mesmo ritmo contra

o quebra-luz de cartão. Senti um vago desespero e fechei todas as portas, bem como a janela em cuja tela havia o buraco imperceptível. Pareceu-me bastante necessário matar essa criatura persistente, cujo assédio em breve teria perturbado minha cabeça. Então, contando inconscientemente, comecei a notar que cada série de batidas continha exatos cinco toques. Cinco — o mesmo número que a coisa tinha traçado a tinta no teto pela manhã! Poderia haver alguma conexão concebível? A ideia era maníaca, pois fazia supor um intelecto humano e um conhecimento de escrita por parte da mosca híbrida. Um intelecto humano — não se estaria com isso recuando às mais primitivas lendas dos negros ugandenses? E ainda havia aquela esperteza infernal em ludibriar-me, que contrastava com a estupidez normal da espécie. Quando pus de parte meu jornal dobrado e me sentei, tomado de crescente horror, o inseto esvoaçou zumbindo e desapareceu através de um buraco do teto, por onde o cano do aquecimento subia para o quarto de cima. A partida não me acalmou, pois minha mente havia disparado numa cadeia de reflexões frenéticas e terríveis. Se essa mosca tivesse uma inteligência humana, de onde viera tal inteligência? Haveria alguma verdade na concepção nativa de que essas criaturas adquiriam a personalidade de suas vítimas após a morte destas últimas? Em caso afirmativo, qual personalidade essa mosca incorporara? Imaginei que fosse uma das que tinham escapado a Moore na época em que fora picado. Seria este o enviado da morte que picara Moore? Se sim, o que queria comigo? O que queria comigo, afinal de contas? Suando frio, lembrei-me das ações da mosca que tinha picado Batta. Teria sido sua personalidade substituída por aquela de sua vítima morta? Então havia também aquele relato sensacional da mosca que despertou Dyson quando Moore morreu. Quanto à mosca que me assediava, poderia ocorrer que uma personalidade humana vingativa a estivesse guiando? Como esvoaçava em torno do livro de Moore! Recusei-me a pensar mais além disso. Subitamente comecei a ter certeza de que a criatura estava de fato infectada e do modo mais virulento. Com deliberação maligna, bastante evidente em cada ato seu, teria certamente se carregado de propósito com os bacilos mais mortais de toda a África. Minha mente, completamente abalada, estava agora levando em conta as qualidades humanas da criatura. Telefonei para o gerente e pedi que um homem viesse fechar a abertura do cano do aquecedor e outras possíveis fendas do meu quarto. Falei que estava sendo atormentado por moscas, ao que ele me pareceu inteiramente solícito. Quando o homem veio, mostrei-lhe as marcas de tinta no teto, que ele reconheceu sem dificuldade. Então são reais! A semelhança com um ponto de interrogação e um número cinco o intrigaram e o fascinaram. Por fim, ele bloqueou todos os buracos que conseguiu encontrar e remendou o mosquiteiro da janela. Evidentemente me julgou um tanto excêntrico, até porque nenhum inseto apareceu enquanto ele esteve aqui. Mas estou longe de me incomodar com isso. Até agora a mosca não apareceu por esta noite. Só Deus sabe o que ela é, o que ela quer, e o que será de mim!

19 de janeiro — Estou completamente tomado pelo horror. A coisa me tocou. Qualquer coisa de monstruosa e demoníaca está em andamento à minha volta, e eu não sou senão uma vítima indefesa. Pela manhã, quando voltei do desjejum, aquele demônio alado do inferno se precipitou para dentro do quarto, voando sobre minha cabeça, e começou a martelar contra a proteção da janela, tal como o fizera ontem. Desta vez, porém, cada série de batidas continha apenas quatro pancadas. Corri à janela e tentei capturá-la, mas ela me escapou, como de costume, e voou para o tratado de Moore, sobre o qual esvoaçou com escárnio. Seu aparelhamento vocal é limitado, mas notei que seus zumbidos se produziam em grupos de quatro. Mas desta vez eu estava louco, com certeza, pois gritei: "Moore, Moore, pelo amor de Deus, o que você quer?" Quando o fiz, a criatura parou subitamente de circular, voou em minha direção e fez um profundo, gracioso mergulho no ar, semelhante a um aceno sugestivo. Pelo menos, pareceu-me ter visto isso, embora eu já não confie mais em meus sentidos. E então o pior aconteceu. Eu deixara minha porta aberta, na esperança de que o monstro saísse, se eu não o pegasse, mas por volta das 11h30 a fechei, concluindo que ela se fora. Então me acomodei para ler. Logo ao meio-dia senti um prurido em minha nuca, mas quando levei a mão não havia nada. Num instante senti cócegas outra vez e, antes que pudesse me mover, aquele fruto inominável do inferno apareceu em meu campo de visão, executou outro daqueles mergulhos zombeteiros e graciosos no ar, e fugiu através do buraco da fechadura, que eu nunca imaginei que fosse largo o bastante para a sua passagem. De que a coisa tinha me tocado eu não podia duvidar. Tocara-me sem me ferir. E, então, lembrei-me, com um súbito arrepio gelado, de que Moore tinha sido picado na parte de trás do pescoço, ao meio-dia. Nenhuma invasão desde então, mas já tratei de vedar com papel todos os buracos das fechaduras e manterei um maço de papel enrolado pronto para qualquer momento em que saia ou que entre.

20 de janeiro — Não posso ainda crer inteiramente no sobrenatural, entretanto não sinto menos que estou perdido. A questão é demais para mim. Pouco antes do meio-dia de hoje aquele demônio apareceu do lado de fora da janela e repetiu sua operação de bater, mas desta vez em séries de três. Quando fui à janela, ele desapareceu. Ainda tenho resolução o bastante para tomar uma última medida defensiva. Removendo ambos os mosquiteiros, lambuzei-os com a minha mistura de visgo, a mesma que usei no tinteiro, por dentro e por fora, e os recoloquei no lugar. Se aquela criatura tentar bater de novo, há de ser pela última vez! O resto do dia em paz. Posso resistir a esta experiência sem me tornar um maníaco?

21 de janeiro — A bordo do trem para Bloemfontein. Estou exausto. A coisa me vence. Possui uma inteligência diabólica contra a qual todos os meus recursos são inoperantes. Apareceu do lado de fora da janela nesta manhã, mas não tocou na tela visguenta. Antes, passou rente, sem a tocar, e começou a zumbir em círculos — dois por vez, seguidos de uma parada no ar. Depois de várias dessas operações, sumiu de vista por sobre os telhados da cidade. Meus nervos estão a ponto de se partir, pois essas sugestões de números são passíveis de uma horrenda interpretação. Na segunda-feira, a coisa se deteve na imagem do cinco; na terça foi o quatro; na quarta foi o três; e agora, hoje, é o dois. Cinco, quatro, três, dois — que mais pode ser senão uma monstruosa e inconcebível contagem de dias? E com que propósito apenas os poderes malignos do universo poderão dizer! Passei toda a tarde embalando e arrumando meus pertences, e agora tomei o expresso noturno para Bloemfontein. A fuga pode ser inútil, mas o que mais se pode fazer?

22 de janeiro — Hospedado no Orange Hotel, em Bloemfontein, um lugar confortável e excelente, mas o horror me seguiu. Fechei todas as portas e as janelas, entupi todos os buracos de fechaduras, investiguei cada pequena frincha, e corri todas as venezianas; mas, pouco antes do meio-dia, ouvi um estalido curto contra um dos mosquiteiros. Esperei — e, depois de uma longa pausa, outro estalido ocorreu. Uma segunda pausa, e mais um estalido. Erguendo a veneziana, avistei a maldita mosca, conforme esperara. Ela descreveu um círculo aberto e lento no ar, e então desapareceu de vista. Estava exaurido como um farrapo e tive de me apoiar no sofá. Um! Esse era claramente o conteúdo da verdadeira mensagem do monstro. Uma batida, um círculo. Significaria para mim mais um único dia, antes de algum destino impensável? Eu deveria escapar de novo ou me entrincheirar aqui, fechando hermeticamente todo o quarto? Depois de uma hora de repouso, senti-me capaz de agir e mandei que me trouxessem um grande provimento de comida enlatada e embalada, e também roupas de mesa e de banho. Amanhã não abrirei, em qualquer circunstância, nenhuma fenda de janela ou de porta. Quando trouxe as toalhas e os lençóis, o negro olhou-me com estranheza, mas não me importa parecer excêntrico agora ou sequer insano. Tenho sido perseguido por forças muito piores que os ridículos dos homens. Ao receber as encomendas, vasculhei cada milímetro quadrado das paredes e vedei até mesmo cada abertura microscópica que pude encontrar. Por fim, senti-me em condições de dormir um pouco. (A caligrafia aqui se torna irregular, nervosa e muito difícil de decifrar.)

23 de janeiro — Já é quase meio-dia, e sinto que alguma coisa horrível está para acontecer. Não dormi tanto quanto esperava, mesmo não tendo dormido nada no trem na noite anterior. Levantei-me cedo, com dificuldades de me concentrar no que quer que fosse, seja a leitura ou a escrita. Essa contagem lenta e deliberada dos

dias é demais para mim. Não sei qual delas enlouqueceu, se a natureza ou se minha cabeça. Até por volta das onze nada fiz senão andar pelo quarto. Então ouvi um ruído por entre os fardos de alimentos trazidos ontem, e aquela mosca demoníaca se arrastou para fora diante de meus olhos. Agarrei qualquer coisa plana e tentei atingir a coisa, a despeito de meu pânico, mas com o mesmo resultado de sempre. Enquanto eu avançava, aquele horror de asas azuis se retirou, como de costume, para a mesa onde eu empilhara meus livros, e voou por um minuto sobre o Dípteros da África Central e Meridional. Então, como eu insistisse, voou em direção ao relógio da cornija e pousou sobre o número 12. Antes que eu pensasse em qualquer movimento, começou a girar sobre o mostrador com lentidão deliberada, seguindo na direção dos ponteiros. Passou sob o ponteiro dos minutos, abaixou-se, ergueu-se, passou sob o ponteiro das horas, e finalmente parou bem em cima do 12. Enquanto permaneceu aí, agitou as asas com um forte zumbido. Isso é algum tipo de presságio? Estou ficando tão supersticioso quanto os negros. São agora pouco mais de onze horas. Às doze horas será o fim? Restou-me um último recurso, que me veio à mente em meio ao mais extremo desespero. Lembrando-me de que minha valise de medicamentos contém ambas as substâncias necessárias para produzir gás clorídrico, tomei a decisão de encher o quarto com esse vapor letal, asfixiando a mosca, enquanto me protejo com um lenço embebido em amônia, que amarrarei sobre o rosto. Por sorte, tenho uma boa reserva de amônia. Essa máscara improvisada provavelmente neutralizará as emanações do ácido clorídrico até que o inseto esteja morto ou, pelo menos, indefeso o bastante para ser esmagado. Mas preciso ser rápido. Como posso ter certeza de que o bicho não disparará contra mim antes que eu termine os preparativos? Eu nem deveria me interromper para escrever este diário. Mais tarde, estavam ambas as soluções, ácido clorídrico e dióxido de manganês, sobre a mesa, prontas para misturar. Amarrei o lenço sobre o nariz e a boca e tenho uma garrafa de amônia para mantê-lo encharcado até que o gás clorídrico se dissipe. Fechei ambas as janelas. Mas não me agradam as ações do demônio híbrido. Permanece no relógio, mas se arrasta lentamente do número 12 em direção ao ponteiro dos minutos, que não para. Será esta minha última anotação no diário? Seria inútil tentar negar minhas suspeitas. Muitas vezes, um grão de verdade incrível se esconde por trás das lendas mais loucas e fantásticas. Trata-se da personalidade de Henry Moore, que tenta me atingir por meio desse demônio de asas azuis? É esta a mosca que o picou e que, em consequência, lhe absorveu a personalidade quando ele morreu? Se o for, e se ela me picar, minha própria personalidade substituirá a de Moore, entrando naquele corpo zunidor quando eu mesmo morrer picado em seguida? Talvez, contudo, eu não morra necessariamente se ela me pegar. Sempre existe uma chance com a triparsamida. E eu não me arrependo de nada. Moore tinha de morrer, quaisquer que fossem as consequências. (Pouco mais tarde) A mosca parou sobre o mostrador do relógio próximo à marca dos 45 minutos. São agora 11h30. Estou saturando o lenço com amônia que apliquei sobre o rosto e mantenho a garrafa à mão para novas aplicações. Esta será a última anotação antes que eu misture o ácido e o manganês para liberar o gás clorídrico. Eu não deveria estar perdendo tempo, mas me aflige a necessidade de colocar tudo no papel. Mas, quanto a este relato, eu já terei perdido minha razão há muito tempo. A mosca parece estar se tornando impaciente, e o ponteiro de minutos se aproxima dela. Agora, ao gás clorídrico...

(Fim do diário)

No domingo, dia 24 de janeiro de 1932, após repetidas pancadas na porta do excêntrico ocupante do quarto 303 do Orange Hotel, que não obtiveram resposta, o camareiro negro entrou, usando a chave de reserva, e logo disparou aos gritos pela escada abaixo, a fim de informar o funcionário sobre o que tinha encontrado. O funcionário, após notificar a polícia, chamou o gerente, e este último acompanhou o guarda De Witt, o juiz Bogaert e o doutor Van Keulen até o quarto fatídico. O ocupante jazia morto sobre o chão, de face para cima, envolto num lenço que cheirava a amônia. Sobre essa proteção, suas feições exibiam uma expressão de medo extremado, que se transmitiu aos observadores. No dorso do pescoço o doutor Van Keulen descobriu a mordida de algum inseto virulento (vermelha escura, com uma auréola roxa ao redor), que sugeria a tsé-tsé ou qualquer coisa menos inócua. Um exame indicou que a morte deveria ter sido causada mais por parada cardíaca, resultante de pânico, do que pela mordida, embora uma autópsia posterior mostrou que o germe da tripanossomíase fora introduzido no organismo. Sobre a mesa havia diversos objetos: um velho caderno de notas encapado em couro, contendo o diário, conforme descrito, uma caneta, um bloco de anotações, um tinteiro aberto, uma valise de medicamentos com as iniciais T. S. gravadas em ouro, frascos de amônia e de ácido clorídrico, e um copo contendo mais ou menos um quarto de dióxido de manganês escuro. A garrafa de amônia exigiu uma segunda olhada, pois parecia haver nela alguma coisa a mais além do fluido. Examinando de perto, o investigador Bogaert percebeu que o estranho ocupante era uma mosca. Parecia tratar-se de algum híbrido com vagas filiações da tsé-tsé, mas as asas, exibindo um pálido azul, a despeito da ação forte da amônia, eram completamente intrigantes. Alguma coisa nela trouxe ao doutor Van Keulen a vaga recordação de uma notícia lida em jornal, recordação que o diário logo confirmaria. Suas partes inferiores pareciam ter sido manchadas com tinta, tão intensamente que nem a amônia as empalidecera. Provavelmente teria caído no tinteiro alguma vez, embora as asas parecessem intactas. Mas como teria penetrado através do gargalo estreito da garrafa de amônia? Era como se a criatura tivesse entrado deliberadamente para cometer suicídio! Mas o mais estranho foi o que o guarda De Witt descobriu no forro do teto, enquanto seus olhos vagueavam pelo cômodo com curiosidade. Ao seu grito, os outros três seguiram seu olhar, até mesmo o doutor Van Keulen, que permanecera por um instante a tamborilar os dedos na capa de couro do livro, com uma expressão que misturava horror, fascínio e incredulidade. O que havia no teto era uma série de trêmulos e esparsos traços feitos a tinta, tais como se produzidos pelo arrastar-se de algum inseto encharcado. Imediatamente todos pensaram nas manchas da mosca que estava na garrafa de amônia. Mas esses não eram traços ordinários. Mesmo num primeiro relance se percebia neles alguma coisa de assombrosamente familiar, e uma inspeção mais atenta fez os quatro observadores engasgarem de espanto. O juiz Bogaert instintivamente procurou no quarto por algum instrumento ou empilhamento de mobília que indicassem terem sido aquelas manchas hesitantes produzidas por um agente humano. Nada encontrando, retornou seu olhar espantado e aterrorizado para o alto. Fora de qualquer dúvida, aquelas manchas de tinta formavam letras específicas do alfabeto, letras coerentemente arranjadas na forma de palavras em inglês. O médico foi o primeiro a distingui-las com clareza, e os outros perderam o fôlego ouvindo-o recitar a mensagem de teor insano que fora, de modo tão incrível, rabiscada num lugar onde nenhuma mão humana poderia alcançar:

"VEJAM MEU DIÁRIO — ELE ME PEGOU PRIMEIRO — MORRI — ENTÃO PERCEBI QUE ESTAVA NELE — OS NEGROS ESTÃO CERTOS — ESTRANHAS FORÇAS NA NATUREZA — AGORA AFOGAREI O QUE SOBROU"

Logo em seguida, em meio ao silêncio intrigado que se seguiu, o doutor Van Keulen começou a ler em voz alta o diário de capa surrada.

www.ingramcontent.com/pod-product-compliance
Lightning Source LLC
LaVergne TN
LVHW050540200726
843506LV00001B/30